U0164637

Our
Elapsed
Romance

我們羅曼蒂克的過去

聞人悅閱 

那時
我們愛著這個世界
世界也愛著我們

目錄

序——香港歲月，香港故事

文念中

悅閱邀約我為她的新書寫幾句話，說這本書是獻給在香港度過的歲月的。

我們是在她初到香港時相識的。看這些故事，進入那些小說描述的場景和細節，猶如看著生動的電影畫面，讀到未來，也看到過去，細水長流，感覺到緬懷歷史是一種奢侈的情感。

於是，我重新翻看她之前的作品，翻到《黃小艾》首頁有她的簽名贈言：「幾座城市　幾段故事——悅閱　於十一行　〇五年九月」。

當然不能不提十一行，因為在二〇〇五年，十一行是一道很典型的香港風景，因為夢想而產生，然後就付諸實現，並且得到許多朋友的祝福，滿腔熱情得到相同的回應，那是種很美妙的感覺。

「十一行」是一間二手書店茶室及藝術展廳，坐落於中環嘉咸街小斜坡上，夾在蘇豪區佈滿畫廊、餐廳、夜店的荷李活道，和結志街熱鬧非凡的排擋菜場之間，可以說是在所有熱鬧的中心，同時也有大隱隱於市的味道。業主楊凡先生希望好好善用這個空間，提供給文化藝術愛好者一個有養份、可聚首的地方。於是我、寶蓮和悅閱，幾個來自中港台不同領域互不相熟的人，在機緣巧合下於二〇〇四年走在一起，成為了這間店的合伙人。

印象中的悅閱是個性格內斂、優雅得體、説話溫柔，但思路開闊見解精闢的女子。世事紛雜她卻看得通透，彷彿不費吹灰之力就能將問題煩憂一一化解。十一行的時期，每次她來到店裡，不論開會或是參與活動，好像除了黑白以外就沒見她穿過其他顏色的衣服，款式簡約，但質料和裁剪都有獨到的講究之處；這讓我想起每年她寄來的聖誕卡片也是用黑白全家福相片精心製作的——我相信她的夢境和記憶也會以由白到黑不同深淺的灰度組成，像她的文字一樣，樸實純淨，沒有多餘渲染，卻又有很多可供回味的細節。

十一行前身是一家建築設計公司辦公室，一千多平方尺左右的小小空間比例很合適。帶質感的乳膠漆白牆和清水混凝土灰柱，配上特別訂製的厚四方水泥地磚和鉼鐵金屬書架，讓原本偏西式的簡約設計風格注入了鮮明個性；再加上悅閱身上帶來的沉穩黑白色，人物和場景都對了，自然就散發出很強的文化氣息，不消大費思量改動裝修便可輕鬆開業了。當時大家興奮地提議了很多店名，我已記不清後來是怎樣說服大家起用了「十一行」。「行」的其中一個粵音讀「hong4（杭）」，是行列的意思。有時我們看書看到某一頁某一行某個句子某個詞語，覺得有意思便會停下來仔細意會，或許還會勾起一些已經流逝的記憶；我希望客人來到店裡也會有這種感覺，可以歇一會，看一會書，喝一會茶，把心情放放空也挺好。

那一年，我們好像把所有的夢想都投注在這一個空間裡了。我們舉辦過電影放映會、讀詩會、文藝沙龍、畫展、古典結他演奏會、新書發佈會、茶藝分享會、陶瓷工作坊……各種文藝活動好不熱鬧，不為了成為城中熱點，但至少也真的匯集過一眾文藝圈內外人士聚首一堂。很可惜由於各種原因，十一行只經營了一年半多便落幕了。之後數年，楊先生繼續拍電影，寶蓮搬回了台灣，悅閱從沒間斷寫作，我則繼續營營役役。可幸的是跟悅閱一直保持聯繫，偶有碰面，行山飯聚，閒話家常，也會聊起小孩，她說一代一代就這樣成長起來了。不知不覺，她在香港定居生活二十多年了。或許她真的非常喜歡這裡，多年來的創作多少都帶著對自身的反照和對這座城市的情感投射。

期間，收到悅閱的三本著作，照例都有簽名贈言：

《掘金記》——「一場熱鬧　一場遊戲」；

《小寂寞》——「也有小歡愉」；

《小惆悵》——「歲月痕跡」。

二〇一八年她出版了八十四萬字長篇小說《琥珀》。

我能從每一本書裡看到香港這個城市的影子。街頭巷陌的日常風景，新舊機場的變遷，計程車司機說話的語調，甚至是一碗熱氣飄香的牛腩麵。生活是由細節構成的，文字留住了一個我們心中留戀的香港。

二〇二二年四月，在英國天氣最好的季節裡，花開正盛，我在飛往倫敦的航班上，在曼城開往利物浦的火車上，讀完了悅閱的新書《我們羅曼蒂克的過去》。書中自有一個世界，好像異鄉人在異鄉，不斷完成一段又一段人生旅程。細膩淡然的文筆輕巧地勾勒出各種不同時間線上的人事地。無數相知相遇，無數聚散離合，隨著窗外的雲彩若隱若現，彷彿車外的風景轉瞬即逝一一擦肩而過，捉不緊也留不住，但餘音裊裊令人久久難以忘懷。

我問悅閱：「這些年來你怎樣創造出那麼多豐富的小說故事和人物角色，都是你和朋友的回憶嗎？」她輕描淡寫地回我說：「故事和人物都是虛構的，但應該有生活的印跡。」我想我當然認得其中那部分屬於香港的印記。

那些故事來源於生活，但比生活走得更遠。她透過豐富的想像力和對人情世故的細微洞察，用溫婉流動的文字，讓我們跟隨著小說中的人物回溯過去，共同經歷成長，和身邊的人互相牽引，又彼此影響著對方。他們的起點可能都有跡可尋，但終點要往哪裡去，誰也沒有把握，只知道在生命線上的某一個時間點，誰和誰曾經遇上，然後又各自再繼續出發。

這讓我突然聯想起大學時修美術平面設計（graphic design），第一天上課學的是點線面。沒有方向的小點連結起來，形成無數的直線、曲線、粗線、幼線……它們排列重疊，有的方向明確，有的隨機縱橫交錯，有的不斷重複，有的流動變奏，有的漸遠漸近……直至群結匯聚，成為不同的面向和空間，聚散有序。人生，其實亦然。

我們羅曼蒂克的過去

我終於滿十七歲，父母如約帶我去旅行。

我們下榻的渡假酒店在界境線附近。

坐在充滿未來感的酒店餐廳中眺望遠處海洋，傳說中被稱為「過去」的島嶼在視線中若隱若現——在這裡居然真的能看到這樣的風景，顯然入住酒店的客人都不尋常，因為普通人不應該如此接近界境。海上有霧，滾滾而來，有如夢似幻的質地，可是愈聚愈厚很快遮住了我們遠眺的視線，而濃霧到了近處便改變了方向，彷與窗戶平行前移，讓我們彷彿感覺置身在一節列車之中。我忍不住走近巨大的落地窗，俯視海面——原來酒店建在懸崖之上，底下的海浪也有千軍萬馬之勢，有與霧相同的行進方向，不正對岸而來，或離岸而去，卻與岸平行，如大河般在腳下奔流而過。

不知何時，身後大廳中響起音樂，瞬間撫平了我的情緒，適才的詫異和疑惑，甚至小小的焦慮都變得無足輕重。我下意識深呼吸，走回桌旁坐下，毫無疑問又置身在那無處不在的熟悉而甜蜜的味道之中——當然，這間酒店也不會例外，與別處一樣，採用了如出一轍的感官美好生活模式，用味覺聽覺量造無懈可擊的幸福感。當我轉身，看見父母正望向我，他們當然看上去完美無瑕，不管是穿著，還是姿態，都與周圍的環境融洽無間，從任何一個角度取景照相，都可以成為時尚頻道的完美廣告圖片。而這也沒什麼稀奇，如今能順利組成家庭的都可以說是一對壁人，在我們經過嚴謹規劃過的生活中，每一個人，每一個物件，所有行為都經過修飾與矯正，全都要顯得天然屬於這個世界而且要深具美感。

可是，我卻還是不十分明白父母為何能預定到這家酒店，因為我不認為我們這個家庭有資格取得這樣的特權。不過，我當然不會抱怨，誰會拒絕生活中出現的驚喜？

母親一直望著我，我忽然覺得她的眼神與平時有些不同，有種我從未見過的複雜，溫柔又徬徨，緊張又故作鎮定。她的手拿起玻璃杯時，杯子一晃，透明的加了適度調和劑的礦泉水差點濺到桌布上——這舒緩情緒的音樂，氣味甚至是飲料中的添加劑居然對她沒有起到安撫的作用，不知這嚴重的焦慮從何而來，我有些驚訝。這時，父親在她耳邊低語數聲，她的視線於是轉向餐廳的入口處，在那裡大踏步地走進來一位中年人。他一進來，先站定，掃視整個餐廳，這時我才意識到此刻在這兒用餐的只有我們一家客人。他的目光落在我身後的濃霧上，我下意識回頭，同時聽到他以頗不耐煩的口吻揚聲說道，把場景設置都關了。

就在這時，音樂停了。

接著，空氣也彷彿急煞車一般頓了頓，分子中甘甜清爽的味道幾乎立刻稀釋迅速淡化，想必有人配合地按下了各種相應的按鈕——這地方果然不一樣，居然可以豁免於嚴格的環境優化法規之外，然後呢？這個世界便可以恣意伸展了？

我忽然意識到自己好像可以清晰地聽到胸腔中的心跳，那種莫名的興奮和期待讓我心頭一震。好像有一把小錘子正小心翼翼將一隻完美的蛋殼輕輕磕開一角，於是我終於有機會可以偷窺世界另一邊的面貌——只是，我不太確定自己原本的位置，所謂的界內界外該如何區分？不過，在等待身邊完美的世界出現裂口的人應該不僅僅只是我一個吧，我想我們沒有錯，生活的確有些悶。

那中年人徑直走到我們的桌邊，侍者悄然無聲地出現，將桌子收拾乾淨，然後退下。

中年人像老熟人一樣與我父母點頭問好，坐下的時候輕鬆隨意地問我母親，想聽什麼音樂？

然後，他看了我一眼，竟然向我徵求意見，問，要不，一起聽一些「過去」的老歌？

他說得一本正經，我則不以為然，在我們這個屬於未來的時代裡，哪有所謂的老歌？這個時代的歌單每年更新，符合時代步調的歌曲緊跟著我們的生活，過時的一切都已經被數據庫回收，因此我們每個人都擁有乾乾淨淨的物質生活，不存在拖沓的記憶，也沒有感傷的污點，不值得回望的永遠也不會讓人回頭。

但那中年人說，我們可以聽一聽琥珀的曾祖母時代的歌曲。

我啊了一聲——人們從不提起過去，像他這樣輕描淡寫提起往昔，不能不說是一種值得炫耀的資本。我感覺到耳根徐徐發燙的熱度，手不由自主握了一個拳頭，心中像有匹脫韁的馬橫衝直撞，讓我擔心自己會難以控制那些將要冒出來的狂野念頭，但眼前一齣好戲分明將要開始。而此時，窗外的霧突然停止了湧動，海面徐徐平靜下來。我心中疑惑，我望向母親和父親，他們的視線一動不動落在那中年人身上，表情也逐漸輕鬆，好像原先緊繃的面具被不經意地摘去了。而那個中年人——我這才注意到他的臉上竟然有皺紋，還有陽光留下的雀斑，與我父母精緻如陶瓷的臉容形成鮮明的對比——他竟然沒有遵照儀容法則的規定隱藏自己面容上的缺陷，這讓我覺得佩服——任由臉上皺紋縱生，讓歲月肆意留下痕跡——這絕對是一種特權，但這樣做是好是壞呢——我下意識摸了摸自己的臉，心中突然猶疑。

這一年是二〇五二年。我十七歲。我的名字是蘇琥珀。

母親曾說起過我名字的緣由，無非是告訴我琥珀形成的過程——樹的眼淚，也就是樹脂，無意間滴落，將劍拔弩張的兩隻小蟲包裹其內，於是這遠古的瞬間就永遠地留在了琥珀之中……我不知道這樣的解釋有什麼意義。在我生活的年代提「過去」已經不合時宜；連幼稚園的孩子也會朗朗上口地背誦「在未來中青春永駐」——被歷史埋葬的兩隻小蟲是無足輕重的，而琥珀充其量不過是一種裝飾品而已，他們都不知道此刻我頸上就掛著一個琥珀的吊墜——也許我不該把它帶來。

想起這個吊墜，我便有些心虛。這種充滿了私人印記的東西已經過時，

我們這個超效社會，標榜的是生活不存在不可替代。我們不需要紀念物——被容許的是隨時可棄和更換的裝飾。我隔著衣服按著那個吊墜，指尖感覺到它的輪廓，然後我發現那中年人的視線掠過我的指尖，停留一兩秒，不動聲色移開——我懷疑他已經猜到我私藏了東西——我彷彿又聽到那把聲音，在我接過這個吊墜的時候，鄭重其事地說——這是為了紀念過去。但事後回想，我根本沒有過去可以紀念——我接受這樣的東西，也許根本是作繭自縛。

這時大廳中傳來幾個音符，起初的幾個音調好像兒歌，然後一把成熟沙啞的女聲開始唱道——「坐在彼端，數妳的手指／妳可以做什麼／好姊姊，妳已經走到了盡頭／坐在彼處，數妳的小手指／不快樂的藍調小女孩……／坐在那兒，數著雨滴／落在妳身上的／妳應該是時候醒覺／所有妳可依靠的／就是這些雨滴／那降臨在沮喪小女孩身上的……」

我一呆，不由笑了出來，暫時拋開了自己的煩惱。原來這人還有些調皮，居然在這樣的時候，安排選播這樣的音樂，而且是這樣的歌曲——中年人原本若有所思，見我失笑，似乎也忍俊不禁，移開的視線與我父母相撞，他們的表情都有些奇怪，好像遲疑著，又期待著，如同戰戰兢兢站在即將溶化的冰面上。雖然危險，可是離開已經太遲——難道他們都期待著這樣的一次相聚。下意識地，我覺得有一些溫柔的體驗隨著音樂，在空氣的分子中滋生，分裂，擴散，將我們包圍，我明知空氣中已經沒有場景設置，可自發的情緒感覺上去是這樣青澀、疏離。每個毛孔彷彿被春天第一陣風拂過，想要甦醒，又有些怯意……

中年人清清嗓子，看著我，耐心解釋道，當然這也不是琥珀那個年代的歌曲，早在她出生前，這首歌就被許多人傳唱過了，現在妳聽到的是Nina Simone的版本。琥珀的祖母喜歡這位歌手——哦，我說的琥珀是妳的祖母——她的名字叫做杜琥珀——你們同名。她的祖母姓莫——時光流逝的速度真是嘆為觀止，一代又一代，都在一瞬之間……

我喔了一聲，覺得有點尷尬，我既沒有聽明白他話中那些人是誰，也並不

特別感到興趣。可是他用充滿感情的口氣解釋，讓我覺得應該為了禮貌表現出一點熱心。可是掌控自己的情緒不是我們這一代孩子擅長的，離開了場景設置，我覺得失去了情感流露的開關，有些無所適從。母親輕咳一聲，先我一步開口，她好像終於回過神來，恢復鎮定，對中年人說，這些年，別來無恙？

中年人喔了一聲，彷彿刻意想要尋求共鳴，回答，最近，我常常想起我們小時候的那些事——那麼多年過去了。

你們小時候？我忍不住問。

是的。他看我一眼，說，那時我們在中學？比妳還小一點？那是古典傳統式的學校，一年有四個長假，一到假期所有人都在不停地旅行，天涯海角也不過是一張機票的距離；我們學校的那些孩子來自世界的每個地方，因為各種原因相聚在這個地方，覺得站在一起是理所當然的——那時，他們告訴我們應該相信自己愛著這個世界，而這個世界也愛著我們。中年人望向窗外廣闊的海洋，突然沉默，過了一會兒才說，有時我覺得自己真的老了，非常孤單，好像能清晰感覺到生命消耗的速度，我們正慢慢走向盡頭……

母親臉色變了變，與父親對視，然後啞聲道，你居然說出這樣的話？你周圍有那麼多人簇擁，居然還說孤獨——那個最新的宣傳片是你們推出的？最新的流行語難道不是——所有一切皆是幸福永恆的憑證——既然永恆，又說什麼盡頭……

中年人嗯了一聲，以無限嚮往的口氣重複說道，幸福的憑證？——可末了，他的語氣一轉，以一個問號結束，並無說服力，他在手臂上輕輕畫了個圈，說，新一代植入型身份證——妳說的是這個？

母親一怔，往後靠在座椅的後背上，像要逃避回答，眉頭微皺。

父親這時嘆氣，開口道，最近，我也常常想起過去……

中年人一動不動看著他，表情有些憂傷，空氣也似乎因此固化變形，有了黏稠的讓人傷心欲絕的質感和重量，匯聚成一滴淚的形狀，底端不負重荷沉沉下墜，可是又不真正墜落，像個永久懸而未決地敗壞著的果實。

父親的話嘎然而止，沒有再開口。中年人卻接下去說，那段日子過去了，而我們被拋棄了。你們覺得呢？那時我們還小，沒有作選擇的權利，可是他們把我們遺棄了。他們——他看了我一眼，這一次他說的「他們」換了對象，他說，他們這些孩子從不曾看見整個的世界，也不知道過去的存在。我們都忘了過去了。他用抱怨的口氣這樣說。

我覺得呼吸有些急促，心中空蕩蕩的，像少了什麼，然後意識到自己對空氣中已經消失的場景設置竟然有種無可言喻的依戀。少了它，便覺得若有所失，心中慢慢籠罩上了一層無邊的惆悵，不知如何是好。

母親忽然開口說，我們沒有全部忘記。她遲疑片刻，說，你沒有，我們也沒有。我們只是假裝忘記了。有時，我覺得可以理解他們為什麼要我們忘記過去——人們想要忘記的其實是那些惡意，誰想讓自己被無邊無際的敵意包圍呢？可是，我無法控制依舊懷念在一切發生之前的那個世界，那些理所當然的善意，即便隔了那麼久的時空，也讓人覺得心安——那種發自內心的平靜讓人迷戀——那是前場景設置年代吧——她看了我一眼，惋惜地說，他們這些孩子完全錯過了那樣的情感自主時代。

我們錯過了什麼？我插嘴問，並非因為好奇，而是想打破周圍沉甸甸的氣氛。

三位成年人此時都顯得各懷心事，彷彿患得患失不知如何正確回答我的問題，我皺眉打量著他們，與他們之間彷彿隔著廣袤的海洋，森林，甚至是星空，完全超出了我能夠理解的範圍。在這一刻，我對他們的避而不談有點憤怒，這世界明明是我們從他們那裡繼承而來的，如今在我這樣的年輕人面前自怨自艾，卻不能邏輯清晰地作出解釋，這又有何益處？然後，我猛然醒悟，他們的世界不也是從他們之前的那些成年人那裡繼承而來的嗎？他們顯然也有與我類似的憤憤不平，可是要生氣似乎已經太遲了一點，難道不是嗎——他們已經變成了跟那些人一樣的人，至少在我的眼中如此。我的視線在他們臉上逡巡，就在那一刻我忽然確信他們千真萬確還擁有著記憶。

是的，記憶是存在的，那麼，那些傳說也許就是真的了。憑藉我的理解，我覺得擁有記憶是值得同情的，因為那些隨著記憶而來的負擔並不都是甜蜜的，記憶需要花力氣去理解，但了解了那些亙古的往事對我們又有什麼好處呢。沒有了不起的困難等著我們去克服，也沒有重大的決定需要我們來作出，正如那最新的宣傳片中所說的——一切都已經完美周到地規劃，一切都是幸福永恆的憑證。

這時，父親舉杯說，致昨日相遇，今日重逢。

中年人點頭，舉杯。

母親猶豫一下，也小心翼翼拿起面前的香檳。他們用碟型杯來裝氣泡酒，淺淺的寬口杯裡氣泡上升更急更快，乾杯的時候難免有酒液濺出來，倒是有些杯觥交錯的歡樂氣氛。也許他們是故意的，想增加一些古典的氣氛……

父親看著中年人說，記得當年你回來，我們聚了聚，開了支香檳，用這樣的杯子堆疊成高塔，是你親自將香檳注入頂端的杯子，讓香檳沿杯身順流而下。四層香檳塔，剛好人手一杯。你說為了慶祝——說要擁抱一切的改變，到今天，對所有的改變你可還滿意？——而那天一起喝酒的人，都去了哪裡？

中年人一怔，沒有立刻回答。

父親輕嘆口氣，說，放棄那麼多，到最後真正被棄的是我們自己。只是當時可能誰也沒有想到，——我們居然會站在這樣孤獨的境地。

中年人的臉上好像被輕輕打了一拳，這沒有殺傷力的話語猝然打碎了他的鎮定。但僅僅在一瞬間，他便已經從失態中恢復，成了一具倔強站立的雕像，宣示著他的信仰——如果他還相信著什麼，他就不會輕易放棄；而為了目標他已經放出願意妥協的信息，包括放棄禁忌——但他到底要做什麼呢？

我想開口詢問，但沒有把握是不是不應過多暴露我知道的——成年人永遠不應該低估了我們年輕人獲取信息的能力，即便所有言行被規劃，隱晦的流言也總是找得到傳播的方式，我們當然並非對自己的處境一無所知。而且人們總

喜歡預言，期待未來有大事發生，同時也樂意嘗試擁有一些秘密的快感。

我朝母親望去，她臉上突然露出驚訝，轉頭向入口處望去，道，你還有別的客人？

中年人哦了一聲，沒有回頭便說，他來早了，不過，也好。他們年輕人之間更有話講，而且互相可以熟悉一下——你們覺得如何？他並不真的在徵求我們的意見，顯然早已安排好了一切。他理所當然地對我說，琥珀，這兒有一些有意思的地方，我讓何緯帶妳去看看。

我坐著沒有動，懷疑他們將要在這裡繼續的話題顯然比所謂有意思的地方更有趣。

父親在這時卻輕咳一聲，說，琥珀，你一到這裡不就對周圍的環境很好奇嗎？……他望向中年人，又望向我，有些猶豫，好像突然發現不知如何在我面前運用合適的稱謂。

中年人若無其事道，是我疏忽了，我還沒有跟琥珀介紹自己——通常別人稱呼我費老。他伸手，同時站了起來，我也連忙起立，這時他與我像成人般握手，然後招手叫大門邊的那個少年過來。

少年走近，伸出右手，與費老的姿勢一模一樣，他說了句很奇怪的話，道，久仰，蘇琥珀。

我剛向前踏出一步，母親便緊跟著站了起來，因此推動椅子，發出與地面摩擦的刺耳聲音。母親看上去患得患失，她分明想說什麼，可是開口卻問道，難道不吃甜點就走？她像在喃喃自語，彷彿只為了讓自己安心，接著，她又自相矛盾地說，你們慢慢聊，我們在這裡等妳。

我們走出去的時候，大廳裡換了一首曲子，仍舊是那把女聲，但歌卻換了一首——如果我失去你／星星將墜落／如果我失去你／樹葉將枯萎墜落——那把聲音唱得纏綿悱惻；音符在空氣中翻捲，像春風中翻飛的櫻或梨的落花，讓人患得患失，心中被灌注了無數滄桑——這不屬於我們這個時代的愁緒，難道來自過去？可這也不是我父母的風格，他們可從來也不會多愁善感。從他們那一代開始，真實生活已經逐漸被虛擬空間替換，人們習慣與真實產生距離，情感全部數碼化，是社交媒體上的各種標籤。系統升級後，個人情緒就變成了宏偉的社會信用系統的一部分，凡事不須要動之以情，只須要曉之以理，從而締造了如今我們身處其中的超序社會。

何緯走在我的前面，始終先我一步之遙，酒店後面是一大片草地，何緯指了指遠處一幢蜂蜜色的石頭房子——那就是我們的目的地。空氣中有濃郁的草的清香，我深呼吸，因為那味道滿心歡喜。我忍不住問了個合理而又愚蠢的問題——這是真正的青草的味道？不是新的空氣場景設置模式？

何緯回頭看我一眼，點了點頭，然後示意我看海的方向，我轉過頭去，驚訝地發現海上的霧全散了，眼前一派海闊天空。大自然在一瞬間顯得不能置信的遼遠，讓我覺得自己變得格外渺小——我瞇著眼望向天空，有幾隻小鳥悠閒地盤旋著，我看得出了神，看著看著，忽然啊了一聲，恍然大悟。

何緯也仰視著那飛鳥，用手擋了擋日光，瞧了我一眼，微微一笑，道，沒錯，那是新一代飛行器，做得相當逼真吧？

我驚奇道，剛才費老不是說已經把場景系統關閉了……？

何緯淡淡打斷我道，這裡的風景用高空的攝像鏡頭看下來非常美麗。

他的嘴角微揚，眯眼眺望那幾隻鳥，語氣輕快，聲音轉低，說，別忘記，我們誰都是這個系統的一部分，不過費老讓他們把霧散了。你看，海也平靜了。

我張望著海平面，遙遠處的陸地卻仍舊掩藏在一片霧氣當中。我問他，那邊是不是就是傳說中的過去界？

他想了想，道，不管是過去界，還是未來界，反正對於這裡的現在界來說，都是——另外的一邊。

他話音剛落，高空的一隻鳥突然揚翅俯衝而下，如一枚利箭，撲面射來。何緯猛地把我拉向一側，我來不及驚呼，那鳥在距離我面孔大約二十公分的地方遽然轉身，重新飛升上空，如同一隻真正矯健的鷹，在我們頭頂挑釁一般盤

旋不去。

我撞在何緯身上，他退後了兩步才站穩，猶豫數秒，伸手做了一個OK的手勢，那假鷹才倏忽地飛到它的同類之中。我出了一身冷汗，他一句話也沒有說，轉身往那石頭房子走去。

我們一前一後，保持著距離。青草地彷彿漫無邊際，地上的青草比我的腳踝還高，姿態溫柔，易折卻又頑強，讓人一步一步義無反顧深陷其中；而頭頂鳥的視線緊緊地追隨著我們——走向目的地的距離感覺比目測的要遠，我們始終籠罩在來自上空俯視一切的視角裡。

我搭訕問道，你叫何緯？難道你們家還有人叫何經？

我本是開玩笑，誰知何緯走在前頭回答，我有一個雙胞胎姊姊，叫作何經。

我咦了一聲，他卻又道，聽說你父親也有個雙胞胎的姊姊？

我又咦了一聲，誠實回答，我不知道，我從來沒有聽說過。

他回頭仔細看了我一眼，同時愈走愈快，我幾乎要小跑起來才能跟上。我問他，經和緯？是上下之紀，天地經緯的意思嗎？

他點點頭，停下腳步，回身與我雙目相對注視，他說，沒錯，就是這「經緯」這兩個字——但是，我的姊姊，我從來沒有見過她。

我跟在他後面，說，我父親的姊姊，我應該叫她姑姑？——我也沒有見過她。

何緯沒有回答，彷彿不想碰觸這個問題。這也不算奇怪，許多家庭都有一些被切斷的過去，那些失去的聯繫習慣了就好。

天空在這時下起了小雨，雨絲密如網織，隨風飄落，幾乎緊貼著我們身體的輪廓緩緩彈開——雨水不沾衣衫的原理在我們的小學課本上就已經被詳細敘述，是人類終於可以隨心所欲擺布自然的見證，這當然是文明的進步。可這時何緯卻皺眉，抱怨道，在這個時候還布置這種沒有意義的場景設置，他們到底是怎麼想的？

我哦了一聲，並不覺得驚訝，當然，這是一場人工雨，我們跟雨絲一樣，當然都是場景設置的一部分——誰不是呢？完美世界的定義就是讓每個人的一舉一動都符合社會優化程式設計，這個社會因而兼備形式與內在的美感。我看不到何緯的表情，他走在前面，像穿戴著一副透明的盔甲，正破開漫天雨霧前行，走得披荊斬棘一般，彷彿從中古紀穿梭而來的一名孤獨將士。天上的機器鷹倒是散去了。

我們終於走到了那新古典風格的小樓近旁，它與酒店組樓的流線型現代建築遙遙相對倒不顯得突兀，那些精巧優美的裝飾線條使得小樓看上去像一個天真美好的奶油蛋糕。我的心卻咚咚地跳著，想到餐室中我錯過的甜點，莫名地覺得緊張。何緯淡淡道，這建築不算老，不過也有近兩百年歷史，他們作了一些改造，妳進去就知道了。然後，他推開門，神情流露出一絲得意，彷彿一個孩子要炫耀一件的得意的玩具，我帶著疑惑走進去，彷彿一腳踏入異境。

正如何緯所說，小樓內部作了翻天覆地的改造——原來，建在懸崖之巔的小樓成了深入山崖的入口。小樓外表並不壯麗宏偉，不過內部全部打通，中央形成一個六角形的中庭，有四邊排列著與樓層等高的裝飾繁複的木門，另外兩邊可以看到螺旋的階梯通往上層，也往下延伸。中庭顯然是貫通式的，我們不在建築的底層，而頂部高拱形的天花板將這空間籠罩在殿堂般堂皇的氛圍之內，不過那也許只是視覺效果，但光線的確從那兒直瀉而下，氣勢如虹。那一束光彷彿是可以觸摸的實物，不在我們的高度停止，而是以直入地心的架勢向下直射而去。我走近前去，扶著欄杆，想看那光線抵達的方向——這時，我終於看到建築的全貌，在我們腳下，一層又一層重複著相同的結構，那一扇扇門彷彿開在一口深井的井壁上，而那一束光貫穿而下直達這深井的底部，此時就近在眼前，觸手可及。我伸出手去，將手掌置於光圈之中，當然我什麼也抓不住，可還是覺得自己彷彿接觸到了啟示錄般的信息，心中覺得震撼，我甚至還不知道那一扇扇門後面是什麼。

何緯招手讓我跟他走上螺旋的階梯，我一面往上走，一面忍不住俯視，樓

梯在層與層之間交錯盤旋，像無限複製蔓延的 DNA 分子結構。我跟著何緯上了兩層，站在這建築的頂端，如同站在懸崖峭壁的邊緣。何緯站在我身後，也探出一點身子往下看。在山腹之中從上至下鑿通的通道到底是為了安置什麼？這樣一個秘密的倉庫到底是政府所有，還是非法存在？

這些門後面到底藏了什麼？我好奇問道。

何緯看我一眼，不知是不是沒有聽清問題，答非所問道，我們可以坐電梯直達崖底，那裡還有人在等著我們。

電梯是全透明的，懸於井壁，像故意把玩光影遊戲，讓人無法細辨。我在電梯中再次試圖探身，貼著透明的牆壁探視，隱約望見建築底部黑白大理石相間的地板，那圖案彷彿是標識終點的記號——電梯徐徐開動，層層下行，那一扇扇門在我們眼前上升，失重感讓我心中空落落的，覺得自己好像在永恆地下墜，最後將如一粒微塵般墜入地心，然後消失；如果這樣的話，那我的一生就將在無足輕重中結束——什麼也不曾懂得，什麼也沒有擁有過。

我嘆了口氣，忍不住搭訕道，要收藏這麼多的東西一定不容易吧。

何緯嘴角微揚，笑了笑道，如果我告訴妳那門後面什麼也沒有，妳會相信嗎？

咦——我不知說什麼好，瞪著他。

他就事論事道，物件虛化是潮流，妳以為我們有能力收集多少東西？我們被困在這個島嶼一般的地方，哪裡也去不了，又怎麼可能收集得到任何值得收藏的藏品。他頓一頓，接著說，當然，也不是沒有作過那樣的打算，把那一間間屋子作為博物館，也曾經是一個宏偉計劃的一部分。可是後來，整個社會的潮流是要與過去撇清，沒人在乎往昔，不管是遠古的歷史，還是近代的事件，最好都不要成為未來的障礙——所以，項目最終被擱置了。但是妳要知道展品是可以虛化的，妳可以說門後面什麼也沒有，也可以說那門後面有整個人類的歷史……做到百分百仿真並不難，當然也可以讓人身臨其境，模擬走入任何一個特定的場景，這一切需要的不過是一張晶片和一個房間而已——到最後，填充空間的不過是些光影，所以也可以說，那些門後面根本沒有什麼……

我哦了一聲，有些失望。

何緯卻接著笑道，這建築應該是在妳父母出生前設計的吧，只有在那樣的時代，才會這樣執著空間——這是歷史建築了。物件虛化是潮流，他們高估了空間的價值。

我喃喃道，物件虛化，然後呢，人跟著物化？到最後，你覺得我們會不會也是多餘的？最終會變成了佔有空間的廢物？

他神情複雜地看了我一眼，然後望向電梯外的那些門，門上似乎有一些標籤。

我企圖想要捕捉到外面那些標籤上的名字，這才發現電梯的速度還是太快，那些名字都像漏網之魚一樣從我眼前溜走了，我不甘心地俯視張望，心不在焉，不知道該相信他的話，還是表示懷疑。

這時，電梯嘎然而止，他在那一秒與我對視。瞳仁微微泛光，像鏡面一樣反射著微小幽深卻看不清的畫面，然後那眼光一閃。他有些倉促道，有的人好奇，想要看看過去，結果付出高昂代價也不得其門而入。其實，琥珀，我告訴妳，有一間屋子就夠了……

這時，電梯門打開，我們應該已經到了崖底。接下來的甬道漫長寂靜，讓我心中開始惴惴不安，直到終於聽見海浪的聲音——當然，外面是海。海風拍著浪，浪又頗有聲勢地翻飛上岸。有人站在露臺上，聽到我們的聲音回過身來。正在這時，我頸上的鏈子突然斷了，那塊琥珀的飾物貼著我胸前的肌膚滑落到地面——竟然這般戲劇化——我慌忙蹲下將那塊琥珀撿起，來不及檢查是否完好就把它匆匆塞入裙子的口袋，我與他四目交投的時候剛剛來得及直起身子。他因為專注聚焦眺望遠處的眼神敏銳而鎮靜，可在一瞬間彷彿蒙上了一層霧氣。

我望向何緯，眼角卻繼續打量他——然後，我聽到何緯說，這是費洛。洛陽的洛。他沒有說我的名字，不知是疏忽了，還是沒有這個必要。

費洛跟我握手時，果然理所當然說出我的名字，道，安寶，妳好。

他稱呼我的時候，竟然用的是我的小名——我非常確定，他的發音說的不是我的英文名Amber，而是中文名：安——寶。

我們站立的露臺背靠高崖，面朝大海，此時海面出奇平靜，空氣卻不清澈，彷彿懸著一層霧氣，看久了讓人覺得有種迷途般的茫然；天空卻極其湛藍，有巨大棉花糖般的雲朵在水天連結處集結，有幾朵飄到了我們的上空，一動也不動——天空中一隻海鳥也無，我忽然意識到大概在這兒，擔負起那些機鳥作用的就是這些雲朵。

如果一直遠眺，水天之間，很容易覺得自己分外渺小，好像整個世界被納入了一種說不清的秩序之中，不需要任何的文明也可以這樣遼遠地存在著；我們背後的山崖呈半扇形向水面張開，形成一個天然的港灣。山體植物叢生，層層疊疊堆積著各種各樣的綠意，無論如何也束縛不了的生命力張揚跋扈，那些植物好像要長到海洋中去。我們腳下的平臺幾乎與海平面持平，有逼真的天然岩石的質感，只不過海浪漫上來的時候，沒能留下任何水漬的印記，這當然是特殊聚合材質製成，恐怕還有別的用途——我遲疑問，這兒是碼頭？

費洛若無其事回答說，對，這兒是碼頭，水足夠深，潛艇可以直接靠近上岸。

我心中一動，脫口道，你們在等人到來？

費洛看了我一眼，淡淡回答，今天，我們等的是妳……

他沒有繼續說下去，周圍只剩下了海浪的聲音，我瞇起眼睛遠眺，海平線處若隱若現是一大片陸地，我心中一動，忍不住開口——據說界境線從來沒有杜絕過偷渡的可能性，那邊看上去離這兒不遠嘛。

費洛抬頭看了看頭頂那幾朵紋絲不動的雲，漫不經心道，那都是以訛傳訛，「過去」怎麼可能距離我們那麼近？——這些傳言妳是從哪裡聽來的？還聽到過別的傳聞？

我也像他一樣，抬頭看了看雲，可故意賣個關子，問，他們能看見我們？

費洛似乎不甚在意地回答，裝置一直在，只是視角的問題。

何緯輕咳了一聲，道，時間不早了，我們還是先開始吧？

費洛點頭，示意我們往回走，似乎已經忘了剛才自己提過的問題，我有些失望，不甘心地試探說，我當然聽到過別的傳聞——比如真要想去「過去」，也不是沒有可能，我們與外間其實有秘徑接壤……我跟著他們緊走幾步，忍不住又說，還有，港口的機械人中也許早就被安插了內鬼，你說會不會已經有人混入貨運物流偷渡成功……

他們既沒有接茬，也沒有別的表示，回頭淡淡地看我一眼，腳步並沒有停下。我有些後悔，知道自己說得太多——也許我的話無稽可笑，他們不屑搭理；也許他們知道的根本比我還多，沉默是為了警告我不要多嘴而已。

我們重新穿過甬道，猶如回到錯綜複雜的迷宮。腳下柔軟的地毯吸去了一切聲響，我們彷彿是沒有重量的幽靈，一路既沒有留下腳印，也沒有驚起任何飛塵。山體中想必存在著一個規模巨大，布局縝密的建築體。我不相信那些門後面真的像何緯說的那樣空無一物，想像各種各樣的秘密正被安靜地鎖在一間間密室中，如同蜂巢般深深地嵌入山體，假以時日，也許便會幻為化石永存——如同，如同我口袋中的那枚琥珀……我覺得自己的額頭出了一層細密的汗，手下意識伸入口袋，緊緊攥著那枚吊墜。

甬道中光線溫暖，像一間奢華而年代久遠的酒店走廊，堅持著古典情懷同時也一絲不苟地與時光對抗，要抹去一切折舊的痕跡——所有一切都嶄新而且一塵不染——不知是不是依靠視覺效果的結果，但是我發現牆上裝飾的畫並非光線生成的全息圖像，而是實體的畫作，描繪著留在古典時代和我們世界之外的那些場景——他們畢竟還是收集了一些實物，可見何緯沒有說真話。

我們走了許久，可我懷疑一切只是為了虛張聲勢，也許最後我們不過是繞了個圈又回到了起始的位置。我跟著他們走進一間書房，比起中庭貫穿山崖的藏書空間的宏偉壯麗，這間屋子安詳靜謐，讓人感覺親切，好像被某種熟悉值得依賴的空氣包圍——屋子不算大，但藏書佈滿四壁；還有個壁爐，火光當然

是影像合成的結果，可是跳躍舞蹈的樣子看上去像是真實可靠的火種，那溫暖的光譜說不清是鼓舞還是激勵著什麼；幾張深色的皮沙發則有奶油一般的柔軟質地，坐下去像陷入了一團流動的雲——費洛與何緯卻在我對面正襟危坐，那兩個傢伙的姿勢有些彆扭，而且忽然顯出一副吞吞吐吐的樣子，好像有話不知從何說起。

費洛像要避免與我對視，一坐下就開啟了面前的全息投影，專心致志大概只是為了保持沉默，他神情過分專注，看樣子在檢索影像檔案。那視像生成初始只是一小團光影，然後慢慢充實壯大，像生命力旺盛的菌類，透出翠色的螢光，看上去不像是文字類的檔案。

我掩飾心中好奇，四下打量屋子的陳設，問何緯，你剛才不是說要展示過去的記憶，一間屋子就夠了——這兒呢，夠不夠大？

何緯笑了，口氣放輕鬆了一些，說，如果要情境參與，最好是更加開放的空間，那樣才可以做漫步式的體驗——在這兒，我們只能坐著觀看，不過有一段視像倒可以先瞧瞧。

我與他們之間的那團光影終於慢慢蛻變成形，全方位3D視像在我們之間生成，而我看見的竟然是自己——穿著士兵迷彩服的我正站在某條山路的岔口，猶豫不知如何作出選擇，我走上其中一條岔道，又退了回來，最後終於走上那條茂密枝葉遮蓋的林間小徑。視頻顯然沒有能夠接收到那小徑之後的信息，所以不斷重複著我將要走上小徑之前的動作——駐足，觀望，然後走上那條小徑，滿臉躍躍欲試，義無反顧——我看見自己的身影融入那夏夜的樹林，那些植物長得恣意囂張，即便眼前的只是全息圖像，也能身臨其境感覺到盛不住的四處飛濺的原始生命力，綠意潑墨般流淌，枝葉蔥鬱幾乎要掙脫視像空間的束縛，撩上我們的面孔。

眼看著這一幕慢慢的清晰呈現，我不由遽然變色，霍地起身——我當然記得那個夜晚……

何緯亦跟著起立，他好像一直緊盯著我的一舉一動，好隨時作出反應。

隔著那一大團迷霧般的叢林，我看不清他的表情；而如煙般氤氳的綠色螢光還在繼續滋長，彷彿要瀰漫注滿整個房間。何緯說，這是妳參加軍事訓練時的錄影，就在一兩個月之前，妳想必還不至於忘記關鍵的細節。軍事演練是每個少年十七歲時必經的考核程序，在分組的時候，妳抽籤進入山區，理應在三天內完成應對各種的自然狀況的要求，我說得沒錯？

我有些緊張，咬著嘴唇道，那不過是例行的訓練，你們想必也去過那一帶山區，所有路線都是規劃好的……

何緯口氣咄咄逼人道，妳想必很清楚，妳並沒有走指定的路線。

我一口咬定道，我走的就是指定的路線，所有一切模式都已經預先設定，我怎麼會有能力偏離演練的程式。

何緯顯得不太友好，鼻子出氣哼了一聲。

費洛對他搖搖頭，指一指小徑起始處的一團若隱若現的朦朧白色，問我，那是什麼？同時他將那色塊放大，於是那一大朵花的輪廓逐漸清晰——鏡頭繼續逼近細節，展露出大朵花瓣白綢般的質地，自蓮座般的花托處層疊溫柔綻放，然而鏡頭繼續放大，便能看到花托處還有細線形的萼片像煙花般飛濺開來，明明是淡淡的粉色，可是卻狀如烈焰，將那花的姿態襯托得艷麗不可方物；鏡頭圍著這朵花轉移，放大之後的花朵如同飄浮在空氣中的一枚巨大的桂冠，恍若掌握著傲視一切的資本，不過她當然不是浮游在空氣中的無根之物——她的花莖其實分外茁壯，從仙人掌葉般的厚厚的綠葉邊緣抽出，如同少年的手臂。在那潮濕充滿苔蘚般綠意的流動的季風中舉重若輕得將花向上抬起，花莖微微顫動，有種意想不到的強悍之勢，甚至有點蠻橫，就像一切有遠大理想或者追求的——生命——我目不轉睛看著這華麗的生命體，重新與她相遇，我感覺既陌生又熟悉，彷彿心中某種隱密的慾望正產生想要任意盛開的渴望。費洛嗯了一聲，我不得已倉促回答，那是一種花。

費洛追問，妳知道那是什麼花？

我誠實地搖頭，卻忍不住要開口傾訴，說，那個夜晚，那整條小徑的兩

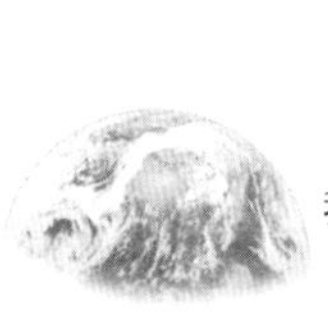

邊都開滿了這樣大朵的花。我一路走過去，她們便徐徐地綻放，一朵接著一朵——彷彿配合著我的腳步。月光下，那花開的過程像此起彼伏的音樂，又彷彿被某一種韻律控制著，整個場景充滿了儀式感——我不斷回頭，身後盛放的花掛在掌葉下微微晃動，月光穿透那薄薄的花瓣，一朵朵的白花因此螢螢發光；那花是如此美麗，我只要抬頭，就能看見最近旁的那朵花的面貌。那些花非常霸道，好像故意要湊近前來，非要我將她看得仔仔細細，一清二楚不可——那一層層的花瓣顯得異常纖巧，可花瓣圍擁著的花蕊卻有出奇複雜的構造，讓人分不清那層層疊疊聚攏又蔓生在一起的是雄蕊還是雌蕊——原來一朵花的花芯就已經是一片叢林，而且藏匿著不可言傳的密碼；在我的前方，我看得見小徑延伸之處，兩旁茂盛綠葉間垂下的那些將開未開的花苞，身前身後無以計數，可是錯落有致。我知道她們正配合著我的腳步，將會有條不紊地逐一展放，難道真的是為了向我或者別的什麼致意——我不認為自己有這樣指揮花的能力，也不覺得我配得上如此的殊榮。當然我也沒有見過這麼多花聚集在一起盛放的模樣，如此安靜，卻如此熱烈——而且更沒有想到的是……說到這裡，我停下來，咬著唇，遲疑不知如何說下去。

他們兩人的目光都落在那全息合成的花朵上，視像正復原花開的過程，如羽毛般輕盈的花瓣開放的過程讓人如沐春風。我的停頓讓他們抬起頭來，我卻避開他們的目光，深吸一口氣，說下去，道，沒有想到的是，我第二天早上離開的時候，那每一朵盛放過的花都已經合攏了花瓣，每一朵都如此，在綠葉之間垂墜著，好像什麼也沒有發生過——我一面走，一面意識到，那其實就是凋零——這麼多花，只開了一晚就已經凋謝——真是……浪費。

我說完，下意識轉頭，正對著費洛的目光。他一怔，然後解釋道，這是曇花，曇花一現——她們總是只開一個晚上……

何緯卻打斷他的話，道，竟然花了這麼大的陣仗，布下這樣的花陣，還要控制每一朵花開的時序——這連我們也未必能夠做到——只是那麼多的花，他們為什麼偏偏要選擇曇花……而且，居然是他們先找到了她……

他說得意味深長，可是我根本不明白他指的是什麼。何緯已經接著說，我很好奇，這樣的一條路到底會通往怎樣的一個地方，他們在路的盡頭還為妳準備了什麼？

我有些心虛，避重就輕道，那不過是一個補給站。按照計劃，我在那裡停留一晚，補充物資，以便繼續下面的行程……

何緯皺眉，調侃道，沒錯，妳當然在那兒補充了物資——他們既然花費了這樣大的陣仗，當然不會連補給用品也沒有準備妥當。

我們被那朵放大的巨型花朵隔開，那曇花不厭其煩地重複著盛放的過程，彷彿知道自己有傲視一切的資本，所以盡情在那個夜晚的暖風中微微擺動——花瓣伸展時隔斷了我們的視線，他的臉被隱藏在那透明的花瓣後面，彷彿是要替這花朵特別標注更複雜的表情。最後，費洛終於伸手按下全息碼的控制鍵，於是空中的圖像慢慢淡出，彷彿一個非凡的夢境瞬間灰飛煙滅。

我假裝輕鬆地開口，沒錯，那兒有座小房子，裡邊布置得非常舒適，的確不像是一個普通的補給站，可是我又怎麼知道其中的區別。雖然是小木屋，不過裡邊鋪著漂亮的地毯，有幾張沙發，不過是單人的，可是很柔軟。厚厚的羊毛毯子靠在扶手上，有幾盞落地燈，小桌子上擺著點心，還有一盆花，那花跟小徑上的花一樣，只是開放的速度慢得多。我進去的時候，她正含苞待放——我太疲倦了，話沒說完，也沒等花全開就睡著了，記得我睡著的時候，那朵花才開了一半，等我醒來，花已經謝了；外面小徑上的花也一樣，花瓣合攏，沉沉自花莖垂下——像一隻隻疲倦的小鳥……

費洛笑了，提示道，話說了一半？說的是什麼？

我自知失言，顧左言他回答他說，還能有什麼，還不就是那些生物的奧秘，宇宙的起源的話題。

何緯咦一聲，揚眉道，是嗎？這樣的題目我也有興趣，是誰那麼有興致，在三更半夜跟妳探討這些深奧的問題？

我搖頭道，我不知道他是誰。我到的時候，他已經在那裡。他……我的思

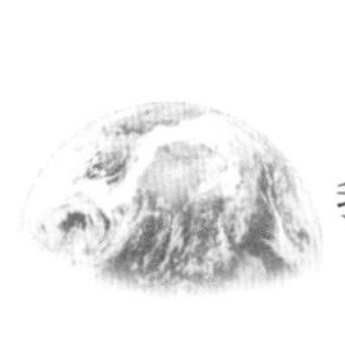

緒回到當時，那玄衣老人顯然已經等我多時，即便我與他素不相識，也可以感覺到他對我到來的這個時刻由衷地覺得高興。我甚至有錯覺，好像我開口說什麼就會讓他的眼淚因為感動而流下來，不過，這當然不可能。他彬彬有禮地請我入座，我注意到他身上穿的黑色外套的材質，與我熟悉的高效智能混紡衣料不同，有種自然纖維的質感，讓人想要觸摸，好像因此可以接觸到類似大地的氣息……

何緯催促，他到底說了什麼？

我稍稍回過神來，怔怔道，他只是告訴我——情境控制並不難，他們也可以做到，比如那些花，只是他們沒有把這樣的控制用在人身上而已。他說我被花吸引，選擇那條花徑，坐在他的對面，完全是由我自己的意志控制。

何緯與費洛交換眼神，費洛眉頭緊蹙，想了想，問我，所以他一開始就承認他屬於「他們」……妳確定他是真實的，不是虛擬場景設置？妳知道影像技術已經可以達到百分百仿真的水平，尤其在夜晚的光線中很容易有錯誤的印象。

我肯定地點頭，道，這我可以分辨，我百分百確定他是真實的，因為——我曾從他手中接過物件，他絕不可能是全息合成的影像。

他交給了你什麼東西？

我輕輕摩挲口袋裡那枚琥珀的吊墜，還不想回答這個問題，避重就輕道，他到底是誰？他是怎麼出現在我們的界內的？演練的山區不應該有閒雜人等，他不屬於我們……

何緯與費洛相視，然後費洛回答我，我們也想知道他是從什麼途徑到達那裡的。

我咬著嘴唇道，你們找我來，是因為他，還是為了要詢問那些花的事？

費洛問，他自己有沒有提到那些花？

我猶豫點頭，想一想，然後重複那夜聽到的話——玄衣老人是如此敘述的——這花只有這一個晚上的時間，盛放一次，不過是為了見證相聚——就像

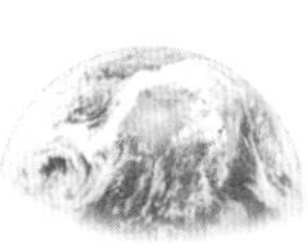

今夜我們這樣的相聚——她吸引妳前來，這就夠了。人的生命何嘗不是如此，很多時候我們苦苦等待的不過是那些相遇的機會而已……

何緯忽然打斷我，突兀地開口道，他是想要招募妳。

我詫異地看著他，心中一動，可仔細想了想，搖頭，說，不可能。他沒有這麼說，何況我也沒有任何可以被人看中的特別能力。

費洛深吸口氣，像要醞釀慎重的語氣，然後認真地說，沒有錯，他是想要招募妳——因為我們也一樣，我們找妳，也抱著一樣的目的。

我倒吸了一口氣，然後我們都沉默下來，互相打量，突然都變得謹小慎微，我不確定對方到底掌握了什麼樣的信息，而他們可能也有一樣的顧慮。我想到我父母與費老那未完的午餐，他們的談話是否已經切入正題。父母從未暗示過我今天會有這樣的遭遇，難道這是他們給予默許的方式，還是一切早已脫離了他們的計劃和想像？

費洛也許猜到我的念頭，主動說，費老跟妳的父母是舊識，他相當了解你們家族的歷史——當然也清楚這個地方從古到今的演變歷程。如今我們不提過去，並不代表過去不曾存在。費老曾是整個體制的推進者，他與妳的父母一樣，是經歷過前情境設置時代的那些人。他曾是熱烈倡導拋棄記憶包袱的先鋒，但是現在……他覺得某種程度的變革是合法而且必須的。

嗯，改變——當然一切都跟變革有關，有關變革的竊竊私語從來沒有消失過。可事到如今，改變是不是已經太遲？我們的觀念早就根深蒂固——我們都深深以為自己的生活無懈可擊，即便承認自己生活在一個巨大的泡泡中又如何？至少這個巨大的肥皂泡維持著微妙的平衡，一眼望去美妙絕倫，不僅具備完整的夢幻式彩色光譜，也充滿了對未來的保證。不滿即便存在，也不過是些無關緊要的微塵，大半是懦夫式的喃喃自語，可構不成戳破這樣美麗泡泡的勇氣和力量。說到底，盡力維持這種美妙的浮游狀態才是許多人真正想做的。

我問，費老想要的是什麼？

何緯卻圓滑地說，我們只是執行者，通常我們不問這樣的問題。

於是，當他再次執意問我那夜遇見的是誰的時候，我便回答，我只是一個過路的人，我沒有問那麼多問題的習慣。

何緯皺眉，費洛卻微微一笑，口氣帶著十分的把握，說，不過，可以確定的是——他知道妳是誰，而且他也應該給妳講了不少往事？

費洛再次打開全息視頻，那朵山徑畔的花朵又在空氣中悄然生成。這一次，鏡頭繼續，於是我看見自己重新出現在那小徑路口，那奇幻的夜已經過去。我看見鏡頭中的自己，從小徑深處走回來，曾經開得如此張揚和絢爛的花已經凋謝——可是清晨的露水將那一片樹林洗滌得格外青蔥，那一枚合攏的花苞在晨光中反射著光影，然後有一點光滑落，像流星。

費洛說，妳哭過？——是為了什麼？

——鏡頭放大，我走在晨光之中，果然看得到眼皮微腫，怎麼也掩飾不了淚的痕跡。我推搪道，大概是一路上花的凋零讓人傷感……說到這裡，接觸到費洛似笑非笑的目光，我竟講不下去，忽然改變主意，決定開誠布公——那位玄衣老人，他，的確講了一些故事，那些發生在他少年時的事件——那個我不熟悉的時代，顯然是他懷念的。如同費老那樣，他提到那時他相信的那些正義，他說當你確信自己跟所有人一起站在正義的一方時，感覺是幸福的；他說是敵意把我們隔開了，我們即便忘記了過去，可是卻沒有忘掉那些敵意。敵意才是最沉重的包袱……是他說的往事讓我覺得傷感。

往事？何緯的口氣意味深長。

往事，這兩個字在我心頭泛起淺淺的漣漪，可是久久不能平息，好像心中某個角落開了一個口子，讓自己無意中窺見了長久被封閉的渴望。那夜我聽到的故事如同一些時光的碎片，反射著迷人的光芒，可是我還是無法把那些碎片拼湊起來看到事件的全貌，或者他們真正的用意。那玄衣老人好像是故意如此，要引誘我去品嚐禁忌的果實，可是卻不願意給我一個明確的答案或者指示。可是，自從那次演練回來，我開始感覺到心中強烈的渴望，任何場景設置都無法壓抑，同時開始對我們周圍的場景設計開始諸多挑剔，在完美無暇的物質生活中覺得自己輕如鴻毛，可呼吸卻無限沉重壓抑。

費洛伸手把全息影像關閉了，整間屋子回復到亙古安靜的樣子——這間屋子的裝修真是深具古典情懷，就在這時，我突然明白這書房一開始打動我的是什麼——那都是一些充滿個人印跡的東西——我懷疑這屋子分明有主人。牆上幾幅畫看上去像孩童習作，畫的是家庭聚會的場面，人物一致，筆觸稚嫩，場面熱鬧；桌上銀質鏡框裡的也顯然是家庭照片，涵蓋了好幾代人，一幀又一幀放在一起彷彿組成一支影片。如果鏡頭緩緩移動，也許應該若有若無伴隨著德彪西的感傷懷舊的鋼琴曲，因為還有一些小物件，都是極普通的個人紀念品：壓花玻璃鎮紙、印壓著字母的皮面筆記本、筆筒、文具，甚至還有眼鏡盒。雖然都是些日常用品，但品味一致，應該屬於同一個人——即便是普通的東西也追求某種超群的特質，有些細節的設計甚至有些調皮——如今失去主人，一件件陳列，安靜寂寞，彷彿變成了時光的玩具……

我走近一些去看那些照片，有些照片是彩色的，有些故意做成黑白或暈染成棕褐色。照片中的人在鏡頭下微笑，我咦了一聲，再湊近一些，要看清照片中人的樣貌——那一張照片中是一對年輕的男女，跟我差不多年紀，兩人靠在一起，略側過頭，相視而笑。奇怪的是兩人看上去都有些眼熟，我仔細地打量，突然恍然大悟，那女孩分明像我自己，她的胸前有一個吊墜，與我口袋中的那枚一模一樣；而那個男孩——我也覺得神情彷彿似曾相識……我托腮凝神尋思，不能收回自己的目光，突然我如觸電般驚醒，猛然抬頭。

他們兩人都看著我，我雖然沒有百分之百的把握，但直覺告訴我沒有錯。我想了想，咬著嘴唇，指著照片中那人說，他就是那夜我見到的那位老人，他老了，但神情笑容沒有變……我覺得就是他……

費洛走到我旁邊，彎腰看那照片，啊了一聲，久久不能抬頭。開口時口氣充滿了唏噓，他看著我，目光中滿是同情，道，照片中的這兩個人，一位是妳的祖母，一位是妳的祖父。妳的祖母與妳同名，她的名字也是琥珀。

我把手從口袋中伸出來，手掌中躺著我那枚剛才墜落過又被重新拾起的琥

珀。

我沒有開口，而費洛已經會意，說，這是他在那夜交給妳的？

我點頭，然後遲疑道，我不明白，我從來沒有見過他們。話剛出口，便恍然大悟，啊了一聲，怔怔地說不出話來。

費洛輕輕柔聲道，難怪他要找的人是妳。

何緯也會意，望著窗外遠處水面，感慨說，難怪他擺出這樣大的陣仗非要見她一面不可。

我不明白。我喃喃重複。

何緯嘆道，琥珀，這個世界不是一開始就是這個樣子的。我們畢竟曾擁有過去，過去的世界雖然不盡善盡美，但比起現在來，其實要廣闊得多。剛才我不是跟妳提過，妳還有一位姑姑？妳的父親留在這裡，而她與妳的祖父留在了過去。這也許是他們的選擇，也許是無奈的決定。這樣的分離是很多家庭都經歷過的，一開始的創傷，後來習慣了，就再沒人提起，以為自己已經將一切拋在了身後。總之，妳見到的那位老人——妳的祖父，說得對，這麼多年我們都在自欺欺人，不承認過去並不能抹煞過去的存在，其實我們始終耿耿於懷忘不掉的是彼此的不同和敵意，才會把自己封閉在無法走出去的境地。

我走到窗前，從這兒望出去，廣闊的海洋平靜如鏡，不過我知道這都是可以被營造的氣氛，海浪也隨時可以被喚起萬馬奔騰的氣勢。讓自然現象招之即來，揮之即去，這大概讓很多人覺得自豪。

我問，這裡臨近界境線？如果越過界境，外面到底是什麼樣的世界？這整個世界到底是什麼樣的？

費洛有些遲疑，與何緯對視，然後微微點頭，像作了個重大的決定。他開口道，這應該由費老來跟妳解釋，不過也許我可以嘗試將整個世界極簡化分類，可以給妳一個簡要的說明——簡單地說，如果把我們的這部分世界叫做現在界，那麼我們之外的世界其實還有兩個部分，我們且把其中一部分叫做過去界，那麼另一個部分就可以稱為未來界。「過去」與「未來」並非是以傳統時

間概念的定義，而更多是為了稱謂的方便，用來表達雙方在意識形態上相反的訴求。簡單地說，其中一方秉持未來進化論，一早設定了未來的方向，相信世界可以在嚴格塑造中擁有幸福的未來；另一方則覺得個人生活中沒有必要作過多設置，因此家長式的干預是不必要的，因為幸福本身可以看作是自然進程中的隨機事件，對古典時代流傳下來的制度仍舊具備信心。雙方各有一套完備的理論作為理念基礎，事無鉅細，爭執不休，終於分崩離析。我們也許本該加入其中一方，堅持一種理想，奮鬥到底——可事實上，在那時，有很多人已經對這世上充斥的各種各樣的理論心生厭倦，在等待時機作出決定，宣布另成一個體系——於是這些人在我們的這個現在界中締造了一種新的秩序——剔除喧囂的理論，同時承諾忘記過去，也與未來保持距離，從今往後唯一專心擁抱的是物質生活。

我說，哦……可是，我們從小就被告知我們的世界是最完美的。

費洛說，安寶，我們總喜歡美化自己的存在。的確，當年的這個決定建立起了一種奇異的平衡，而且應該說還是避免了一場戰爭。於是我們心安理得把自己的世界安置在一個美麗的肥皂泡中，可這泡泡隨時都會被戳破，因為我們其實沒有安全的保障，這世上沒有一勞永逸的幸福。

嗯？

我們外部的世界始終處在對立之中。那樣兩股反向的力量終有碰撞的一天，產生的破壞力將足以摧毀他們自己和阻隔在他們之間的一切。費洛這樣回答，「過去」和「未來」，這兩種狀態本來就是無法共存，遙遙相對的。

何緯接過話頭，繼續說下去，道，是的，而這兩個世界不僅相對，而且互相敵視，水火難容，無法妥協。有人說這樣對立的觸發點是多年前，全球都被捲入到一場混亂之時，但事實上矛盾醞釀形成並非一日之寒，而人們錯過了一次次化解干戈的機會，後來的世界才無可挽回地分化成了不同陣營。我們在夾縫中的存在既是意外，又是必然——不想選擇，就只能尋找一種生存的方式，不知是幸運還是不幸，我們把自己跟外面的世界隔開，居然建立起了一種獨特的秩序，形成了一個封閉的世界。

一個封閉世界怎麼可能永遠持續下去？——我有些氣餒地問，覺得自己彷彿站在一塊巨大的拼圖遊戲之前，自己手中拿著最不起眼的一小塊圖形，根本不知道如何把它放入全景，因為我看見的是數不清的零碎堆積的圖塊，根本不知道全景的可能樣貌，可是放棄分明已經太遲，因為我的手已經拿起了圖塊，黏糊沾手再也沒有甩脫的可能。

何緯拍了拍費洛的肩，好像他們之間還有我不知道的默契。費洛繼續解釋說，我們並非與外界的世界沒有交流，我們物質生活所需大部分都來源於外部世界，也就是說我們跟外界的物流從來沒有停頓過，但也僅限於物流而已。妳也知道港口的物流都由機械人完成，目標就是做到百分百無意識接觸。總之，我們拒絕了所謂的立場。當然，我們的確取得了與外部世界的共識，而這樣的共識並不是毫無代價就做到的。用一句話概括，我們最後是通過奠定離岸金融資產管理的地位鞏固了自身無可替代的價值，這是我們這個封閉世界能夠在夾縫中生存下去的籌碼，畢竟任何一個體系都需要資本的運作，而且任何一個經濟體都不可能只通過內循環獨善其身的。要我看，是通暢的物流和資本流給了人們的任性提供了保障……

哦，那真是非常僥倖。我心不在焉地說。他收住話頭，有點詫異地看著我。我這麼倉促地打斷他的話的確有些無理。可是事實上我心中疑團如濃霧般擴散，愈來愈覺得無法釋懷，而且心中對他略過重要的細節頗為不滿，何況對所謂的制度與政治這種枯燥話題本來就不是我感興趣的。他不提，我只有直截了當地提醒，所以他一停下來，我立刻便問，那我的祖母呢？就是照片上的那個少女，你們提到她與我同名——後來呢？後來她去了哪裡？難道她也留了在「過去」？我一面問，一面重新仔細端詳那老照片，陽光下照片中的少年看上去是這樣驕傲，彷彿彼端的世界沒有摻進任何灰塵的可能。

費洛與何緯交換目光，想了想，彷彿勉為其難道，這不是我可以回答的問題。我只知道，她不在這裡——她不在屬於我們的這個「現在」的空間裡。如

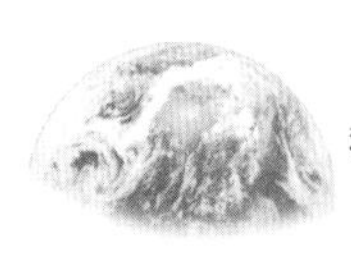

果她沒有與妳祖父一起留在「過去」，那麼她也許此刻身在「未來」？

這怎麼可能？我小聲說，心中轉著無數念頭。

費洛嘆道，當初，把這樣一個系統架構起來並不容易。當年，其中主要的倡議和推動者是妳的祖母和祖父，據說他們把全部身家放在了這上頭。只是，當初複雜的設置也許反而限制了他們自己生存的選擇。——可以怎麼說，他們犧牲了許多……

我回憶那夜我與祖父相遇時候說過的每一句話，試圖找出自己錯過的蛛絲馬跡，自言自語道，犧牲？他們為什麼願意作這樣的犧牲？

當然，在兩個對立面之間構造一個緩衝的地帶是有益的，這樣一種微妙的平衡在當初畢竟避免了更壞的可能。何緯回答。

緩衝的地帶？微妙的平衡？我不禁搖頭，說，也許我們走了一圈又回到了原地——你看我們現在的樣子，連費老這樣的人也開始動搖……你知道傳言是怎麼說的？——誰也無法想像的巨變正在醞釀當中……

何緯卻不在意地說，這種傳言不是一直存在著嗎。是的，改變——沒有錯，當所有人都覺得疲倦的時候，都會想到改變。嗯，這些年，其實改變早已來臨，我們目前的作法其實是在跟「未來」愈靠愈近——好像未來就是我們的歸宿一樣。

這樣不對嗎？我隨口問，對於生活在現在界的我，我對未來界和過去界全無了解，無法作出不一樣的回答或反應。

何緯說，這不是對錯問題，而是平衡的問題——有序控制與自由意志之間我們究竟高估或低估了哪一個的價值？如果現今世界的微妙平衡被打破，那對立的雙方勢必滑入兩個徹底相悖的軌道；接下來，那些已經存在的成見只會更加根深蒂固，彼此相隔更遠，那蓄勢待發的張力引發的必然還是戰爭——沒錯，不管我們選擇什麼立場，最令人擔心的可怕結局無非就是戰爭。費老最近總說自己老了，他常常提及少年時光，懷念過去，好像只有那些回憶才能給他帶來美好的感覺，他說這個世界正在控制和戒備中失去應該有的意志和能力。

一開始大家都想改變對方，然後又徹底放棄，所謂的共存變成了一種敵對的相處方式。費老在體制內不是孤立無援，可是也並非可以獨斷專行，最近的事件使得他常常處於詬病和攻擊之下，有人認為他把過去時光過分地羅曼蒂克化了。可是費老說——過去雖然不完美的，可至少我們是自由地愛與被愛的——他的這句話打動了我們——我們不能永遠自欺欺人，身在這個明明充滿了敵意的世界，卻自顧自唱著幸福的歌曲——愛和自由，才是我們想要的……

他停下來的時候，微微抬眉看著我，我欲言又止數次，才開口，遲疑問，那麼你們還有別的更有說服力的理由嗎？

他倆一愣，我若無其事道，我們需要的難道不是一個公事的理由？這也就是你們將我帶到這裡的原因？

這句話出口，我覺得我和他們其實都鬆了一口氣，費洛下意識地搓了搓手，道，沒錯，這是我們來找妳的理由，也是他們的理由，妳的祖父的理由——不管是我們，還是他們，其實需要的都是一座橋樑，一條接觸的途徑，一個站在一起的契機。我想其實誰都有迫切的願望，想要達成某種共識——也許，現在又到了那一個關鍵的時刻，錯過了，便又會是無盡的等待。

何緯在這時起身，我有塵埃落定的感覺。如我所料，何緯說，我們不能要求妳為我們做什麼，但也許我們能為妳做的是讓妳盡可能地先了解過去。費老說把記憶補回來，自然就會理解許多事的起因和結果，才能形成自由的意志。不過，我們需要稍大一點的規劃過的空間，視像可以把我們帶回到過去任何時刻，無論妳想了解什麼，只要是發生過的，我們都可以模擬出那時的場景，榮耀與屈辱，正義與背叛，文明與野蠻，重要的是沒有隱瞞。

於是，我們重回到來時路，安靜地穿過甬道，回到透明的電梯裡。何緯按下一個數字，我們緩緩上升。看來有一些故事還是要從那些門後開始，在那裡過去是否將是一團光與影組成的幻境——我心中忐忑，不免患得患失，對於我們應該了解的生活，過去，以及未來，我忽然發現自己其實一無所知。而自從那夜之後，對過去，其實我的心中正慢慢滋長著擋不住的好奇和求知的慾望，

往往那些缺少的，正是我們渴望的——我也在此時忽然明白了那繁花之夜傳來的信息。

打開門，走進去前，我問，我的祖父叫什麼名字？

蘇景臣。

這扇門裡將從哪一年的場景開始？

二〇一九年……

猴酷貓——一個遺落的童話

我第一次看到猴酷貓的時候，他穿著一條畫著猴子臉的小褲子，站在學校的旗杆下，仰天望著迎風招展的校旗，似乎想要把那旗子摘下來。不過，對於身量不高的貓來說，這不太容易，況且他那毛茸茸的爪子實在也做不了要解開繩索這樣複雜的事。於是，他就那樣仰頭站著，站了很久。

我則遠遠地望著他，不敢出聲。也許我並不是怕驚擾了他，只是那個時候的我，心中突然升起一種難言的惆悵，是對過去的什麼事情有一種難以捨棄的緬懷嗎？到底是什麼呢？連我自己也覺得吃驚。

那是一間廢棄的學校，原先是本地最有名望的一所大學。傳說中，地產商看中了學校的這塊地皮，而後來市政府就將多所學校的校址遷往城外嶄新的大學城。那屆市政府的領導後來因為別的不名譽的事被免職了，新的地產開發項目也被擱置，因為人們對於遷址這件事忽然覺得忿忿不平。但是太遲了，新的大學城已經出現了欣欣向榮的跡象——本來就是這樣，年輕人到了哪裡，哪裡就變得熱鬧——但原先的校園先是變得沉寂，然後便呈現了敗落之象，無可奈何地走上了毀壞之路——被毀壞的恐怕還有人們的心情吧，因為記憶被攔腰切斷，多少有些敗興。

那是猴酷貓。年輕人在我身後說，然後嘆了口氣，道，他總是在傍晚的時候出現。

我嚇了一跳，不知道年輕人是什麼時候出現在我身後的，於是有點不知所措地看著他。

但他卻無動於衷，眼光掠過我，便落在遠處的貓身上。開口的時候，口氣有點擔心，他說，貓不喜歡那條褲子。既然這樣，何苦穿它呢？即便有猴子的圖案，貓也是不適合穿褲子的。

聽了這樣荒謬的話，我不知道說什麼好，因為禮貌起見而點了點頭。風大起來，遠處的旗子被風拉扯著，繩子像要斷了一般。貓的耳朵也被風吹得扁扁地塌在頭頂上，看上去像跟什麼在搏鬥一樣。然而，突然，太陽光衝開頭頂的烏雲，四周陡然亮起來，風也停了。貓像突然鬆了一口氣，耳朵也重新豎立成貓耳朵應該的形狀，然後直立起來，毛茸茸的爪子拉一拉身上的褲子，果然看上去不十分滿意的樣子。也許是尾巴不舒服吧，要把那個讓尾巴伸出來的洞做得剛剛好，大概不太容易。然後，那頭貓小小的身體突然醞釀了驚人的速度，他用老虎撲擊獵物那樣的姿態，前爪並進，後腿同時猛烈地後蹬，朝圖書館的方向跑了過去，一會兒就看不見了。

這？這到底是怎麼回事？我回頭，看見那個年輕人仍舊站在我身邊後，忍不住問他。

喔。他像突然看見了我一樣，打量我，語氣不太友善，反問，你不知道猴酷貓的事嗎？他十年出現一次，每次出現的時候一定要找到了他要的東西才會

離開，要不然，他每天都會來。猴酷貓總是戴著猴子圖案的裝飾物，就像今天這樣。不過，他穿著猴子圖案的褲子還是第一次——這看上去可不像是個好主意。

我的眉毛不由自主要皺起來。我想我應該問他一些譬如貓到底要找什麼的問題，但是張開嘴，卻說不出話來。年輕人看上去和我差不多年紀，頭髮理成清爽的陸軍裝，穿著深藍色的恤衫。恤衫上沒有印任何花紋，甚至褶紋也沒有，是件嶄新得叫人不敢相信的恤衫。然而他深棕色的褲子上卻有猴子的圖紋，看上去在擠眉弄眼的調皮的猴子臉用亮閃閃的黃色和棕色的線一個一個繡在褲子上，自然是機器繡的，但是也不得不佩服工藝精湛。我當然露出吃驚的表情，他見我注意到那些猴子，臉紅了，沒有等我說話，就開口訕訕道，你以為我是猴酷貓變的嗎？

他的話，讓氣氛似乎輕鬆了下來。我們都笑了，空氣中的風似乎也微微笑起來。風不大，他看上去紋絲不動，如果他那頭髮稍長一點，在風中也許就會具備像漫畫少年那樣的姿態，頭髮微微揚起，衣袂也飄起來；不過像他現在這樣的髮型，也許應該配上軍隊風格的制服才合適。但他究竟是誰呢，為什麼出現在這所無人的校園裡。

然而這個問題，我是不是應該先問自己？

但是他先開口，問我，你為什麼在這裡？

你呢？我反問。

嗯？他不回答，卻意味深長地發出鼻音。

我不喜歡他不友善的口吻，低聲道，我小時候住在這裡。然後意識到其實沒有解釋的必要，於是轉身打算離去，校門離這邊很遠，原先的大草坪雜草叢生，桃樹開過花，已經謝了，留下沒有花瓣的花蕊在樹上；成片的桂花樹還沒到花期，不過長長的雜草把樹杆的下部淹沒了。我對校園內的布局相當了解，知道每一條捷徑的走法，即便它們現在都消失在荒草之中了。只是，要荒廢一個繁華的場所竟然是這樣容易。

可是年輕人在我身後叫住我，語氣有點著急，似乎想急於弄清楚什麼，你說什麼？你曾經住在這裡？我也是！

我慢慢轉身，再次打量他，可以確定他不是我小時候熟悉的玩伴之一，要不然無論如何我也不可能全無印象。

我那時住在八號樓。

原來如此。我心裡想。

那你一定是住在九號樓的女孩。他這樣說。我們默默地彼此注視，這個新的發現並沒有拉近我們的距離，反而產生了新的隔閡——因為那時，九號樓的孩子不跟八號樓的孩子玩，非但這樣，彼此還會做一些互拆牆角的事，比如把對方遊戲時搭的城牆偷偷推倒——說是城牆當然也不過是在巨大的建築用沙堆上搭的沙的城池而已——那時，到處都在營建之中，所以巨大的沙堆隨處可見——即使不在海邊也可以搭沙堡——而我們住在九號樓和八號樓之中，也是因為那時候學校教師的校外宿舍還沒有竣工，學校只好撥出幾幢學生宿舍來當作臨時的教師宿舍——九號樓住著理工科院系的講師和教授；八號樓則住著文科院系的教師們，變得涇渭分明的卻是我們這些小孩子。那時，我五歲，已經分得清誰住在哪一幢樓裡，換而言之，也就是知道遊戲時候應該抱著什麼樣的立場。

我們彼此注視，甚至帶些敵意。他突然開口說，你的那些朋友們還不是都散了，走得一個也不剩了？

你的還不是一樣？我趕緊反唇相譏，不想示弱，道，散了，是因為我們都長大了。

他哼了一聲。我也從鼻子裡出氣。我們都想表示自己不在乎，不過卻都沒有立刻要走的打算。

哦，你看。他突然說。

遠處，那隻猴酷貓又出現了，在高高的淺綠色的圖書館大樓的樓頂朝我們張望，或者只是剛好看向我們這邊吧。在高處，他竟站了起來，個子顯得很

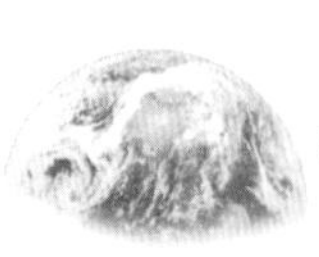

小，但說實在，隔了那麼遠，我根本看不清貓的樣子。但他那姿態，前爪伸出去，彷彿指點江山，面對著某種排山倒海的氣勢，並不讓人覺得可笑，而是讓我想起發生在圖書館大樓的往事來。那時候，我還小，記憶中只有場景，沒有感情色彩也不含觀點。那時候圖書館樓前聚集了許多人，大概都是學生吧，樓前的臺階上有人在講話，姿態跟樓頂上的貓很像。那個貓，到底在做什麼嘛。

我們過去看看。我說，心中的好奇愈來愈濃。但是，年輕人卻拉住我，說，不要去，會嚇到他的。走太近不好。

然後，貓又看不見了。

我有點惱火地甩開他的手，覺得這一天的心情已經無可救藥地被他攪壞了，因為動作過大，身子退開去，一腳踩在旁邊的一汪水坑裡，灌了一鞋的水——也難怪，連日都是雨天——Dr. Martens 的鞋子原本不應該怕水，但是現在水灌進了鞋子裡面，鞋面是不是防水變得一點也不重要了。他有點過意不去，也退開幾步，望一望東邊的教學大樓，猶豫一下，說，我的辦公室在這邊。要不，去……至少可以把鞋子弄乾。

不是因為他的歉意，而是因為他是八號樓的孩子這件事，讓我接受了他的建議。即便是那時不能算是朋友，但是他畢竟是那段日子的一部分，不是嗎？

我一面跟他往旁邊的教學大樓走，一面問他，八號樓和九號樓還在嗎？

當然在。他不帶感情地說，而且，猴酷貓也在那邊出現過。

又是猴酷貓。我在心中嘟噥，並且不由自主勾勒出那隻貓的樣子。他則像猜得到我心中所想，告訴我，那次猴酷貓背著一個有猴子圖案的背包，就在前兩天。

我揶揄他，既然跟他那麼熟，怎麼不跟他說話呢？

他不會想跟我說話的。誰知道年輕人這樣說，口氣非常乾脆，但是無法掩飾其中的遺憾，他的聲音輕下去，道，也許他對我有誤會呢。

年輕人一面往入口處的電子門鎖輸入密碼，一面彷彿是順便一樣告訴我，我的名字叫姜山——如果你記不起來的話。

我對於密碼鎖這件事覺得有些奇怪，這不是已經被廢棄的校園嗎？而姜山一說出他的名字，我就想起來過去九號樓有一個被叫作薑糖的小男生，那當然是綽號。姜山或者薑糖點頭，終於露出滿意的笑容。

教學大樓內部相當整潔，驚人地井然有序，一點也不像是廢棄的大學裡廢棄的舊樓。還不錯，是吧？姜山這樣說，雖然是臨時的辦公室，但還是打理得像樣一點比較好。你說呢？

我們坐電梯到三樓，走過燈光明亮的走廊時，他問我，你不住在我們這個城市？

你怎麼知道？

這種事很難看出來嗎？他反問，看我一眼，又問，從哪裡回來？在海的哪一邊？

我皺眉，不由自主看看自己穿的衣服，當然沒有異樣的地方，也許只是我自己沒有覺察到？我不服氣地說，非得是海的另一邊？我可能只是住在另外一個城市。

他聳聳肩，道，真是天真。那有什麼區別？

什麼？我問。

說你們這些人真是天真。他走在我前面，大概距離一步之遙，使我看不到他的表情。

呃！我們這些人？我們是哪些人？我當然不同意他的看法，在他身後說，你講這話的口氣就像當年八號樓的那些小孩。什麼是我們？什麼是你們？——在空蕩蕩的走廊裡，我的口氣聽上去咄咄逼人。這樣的語氣竟然讓我有些快意，好像出征前的士兵那樣鬥志昂揚。

我本來就是八號樓的小孩。他回頭看我，輕描淡寫地說，語調帶著來自勝利的得意，真是不由讓人皺眉頭。然而，沉默了片刻，他忽然又說，語氣甚至變得溫柔，那時候，我們八號樓和九號樓的孩子不是和好了嗎？還達成了共識，不是嗎？

有嗎？我狐疑地問，對自己的記憶變得不太有信心。

走廊盡頭是姜山的辦公室，推開門，室內有點暗，窗戶在厚厚的窗簾後面。裡邊有一間洗手間，有吹風機之類的東西。姜山說，你先去弄乾你的鞋子吧。

我穿過那長方形的辦公室，如同走在未來世界的監控室裡，成排電腦屏幕被嵌在牆裡，發出幽光，大概預先設置了程式，因此每一臺都看上相當忙碌的樣子。屏幕上成排的數字和文字在不停地變化著，靜止的屏幕上忽閃著紅色表示警戒的按鈕，等待被驗證再繼續。我自那些電腦之間走過，彷彿在一排排士兵之間穿過。

我在洗手間花了些時間才把襪子和鞋子弄乾，重新有乾襪子穿的感覺相當棒。一面用吹風機，一面回憶過去的事。菲利普牌子的旅行用吹風機有好幾次因為過熱而停下來，從風筒的後面看進去，加熱線圈也變得通紅，聲音簡直與它的體積不匹配，大得嚇人，簡直要讓人耳聾。但還好，總算把要做的事做完了。

我想起了五歲時候的事。五歲的時候我們家有一隻貓，一直是比我大三歲的表姐照顧著，其實那是她的貓，因為她的父母都出國的緣故，她和她的貓就暫時住到了我們家。

我走出去的時候，姜山已經把窗簾拉開了一些，屋子裡亮了很多。靠牆的一排電腦聯通的應該是保安攝像鏡頭，依序顯示的是空蕩蕩的校內風光，教學樓的走廊，大教室，食堂，總之半個人影也沒有。但是，當鏡頭晃過圖書館時，我看到了猴酷貓，他坐在空落落的書架上，還是穿著那條猴臉褲，一動不動，大概是在發呆吧。我幾乎把臉湊到了屏幕跟前，想看清楚一點。貓的臉很圓，鼻子也長得很挺拔，簡直像希臘雕像擁有的那種美鼻子，因為在暗處，他的眼睛也變得大而滾圓，真是非常漂亮的一隻貓——有點像我表姐的那隻貓——是不是呢？

我表姐以前也有隻貓——嗯——長得有點像——對，就是他。那隻貓有一條浣熊似的條紋尾巴，跟他的一樣。我剛遲疑地開口說話，就發現了這讓人吃驚的相似點。但是，對於一隻貓來說，過了那麼多年又出現在這裡，是不是有點荒謬。

小美的貓長的就是這樣的。姜山就站在我身後，跟我一般盯著屏幕上的貓。他嘆口氣，繼續說，就是小美的那隻貓——可能嗎？他竟然會變成了猴酷貓嗎？

不可能！我本能地反駁。

有什麼是不可能的呢？姜山像是意興闌珊地說。這時，幾臺電腦發出嗶嗶的聲音，暫停鍵忽忽地閃光。姜山走過去按了幾個鍵，讓電腦可以重新運作。

你在做什麼？我問。

刪除一些東西。他這樣說。

什麼東西？

不一樣的東西。

嗯？

一些網上流傳的，但是又不適合流傳的東西。他說。

那是你的工作？

我的工作。姜山回答。

傳說中的網絡螳螂？我問，雖然不敢相信，但是他也沒有否認。於是我看著他，陸軍裝下，他看上去好像一臉正直，挑不出毛病——螳螂捕蟬，黃雀在後——人們自由地在網絡上指點江山針時砭弊的時候，永遠有這樣的螳螂——在大家的印象中，長相應當不太讓人恭維的小家子氣的螳螂，怎麼樣也不該是姜山這個樣子的啊——居然有姜山這樣的螳螂，我忽然像失去安全感一樣把外套裹得緊了一點——他會不會也擔心另外的黃雀的存在呢——然後我思量著是不是應當告辭了，好像我們之間忽然隔著一條寬廣的河流，雖然是個晴天，河面上沒有翻騰的浪，但河流畢竟是一條河流。彼岸也畢竟是彼岸。

小美。他清清嗓子，說，你是小美的妹妹。

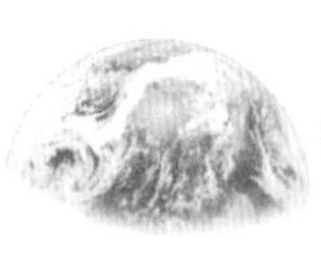

你一早就知道了？

他點點頭。小美的妹妹是小火箭。不是嗎？

現在已經沒人叫我這個名字了。

叫什麼不重要。但是你真的不記得這隻貓了？

他的話幾乎讓我覺得羞愧，他卻彎嘴輕聲笑道，也許不是這貓，只不過是長得比較像而已。——那笑容讓他看上去像一個溫柔的人。

你不希望這就是那隻貓，是不是？我突然發現癥結所在，真正在擔心的根本是他嘛！

嗯。這不重要。他偏這樣說，然後卻帶著期待地問，小美現在在哪裡？她在做什麼？

我想，這個問題大概是他一看到我的時候就想問的吧。我當然記得小美以前的樣子，她從小就留著一把長髮，五官完美，對人不過分高傲，也不過分周到。那樣美麗的女孩子的人生每一個階段簡直都會以超強電波的形式留在人們記憶裡。不過，我卻遲疑起來，想一想才說，真是抱歉，小美姐姐恐怕在做著跟你不一樣的事情，你們說話不會投機的，說不定會很容易就吵起來了。

胡說，誰問你這個？姜山不耐煩地打斷我，你知道什麼。

我回來之前見過小美姐姐，她看上去很煩惱而且不高興，說她寫在網上的帖子被刪除了，很不高興……

姜山的面色一點也沒變，反而笑起來，說，小火箭，你是在開玩笑吧。帖子被刪了，有什麼好煩惱的？一天不知道有多少網上的帖子會被刪掉，即使不被刪掉，也很快就被忘記了，不是嗎？而且刪帖子的又不止我一個人。世界又不會因為刪了幾個帖子，就會發生颶風、暴雨或地震。這不過是一份工作，我不做別人也會做。

但是，喜歡小美姐姐的是你，而不是別人，不是嗎？我忍不住說，況且要大家有一樣的想法真的那麼重要嗎？

姜山沒有來得及回答，因為鏡頭下的猴酷貓突然朝鏡頭撲過來。最後的一

瞬間看到他堅毅的貓面孔，耳朵緊貼在頭皮上，身型矯健，倒挺像一枚小火箭的。不過之後鏡頭被損壞了——那毫無疑問是有目的的攻擊——我們看不到他了。姜山皺眉說，他弄壞很多攝像鏡頭了。他不喜歡被看。

哦。我說。

你大概不記得了，小美的那隻貓也很凶，有一次在我臉上抓了一道痕跡。姜山是這樣開始說過去的事的——你那時候太小了。他說，你也不記得我們一起投票選出八號樓和九號樓孩子的領袖的事吧？兩座樓的孩子到後來還是和好了。

領袖？我笑出來，說得跟真得一樣，不過是小孩的頭吧？不會就是你？

但姜山突然臉色嚴肅，一幅碰不得的樣子——明明就是他嘛！

可是你這個領袖居然被貓抓傷了，難怪你現在跟猴酷貓較上了勁。不會是想要報仇吧？我跟他開玩笑，誰知他的臉色變得難看起來，好像被踩了尾巴的貓。

他不太高興地走到在被猴酷貓破壞了鏡頭的電腦終端前按了幾下鍵盤，屏幕又顯示出剛才圖書館那間房間。貓不在了，有兩個書架被撞得歪歪的，看不到壞掉的攝像鏡頭在哪裡。姜山得意地說，鏡頭當然不止一個啦。

我雙手抱在胸前看著他，他千真萬確地洋洋自得著，像那個在老師面前賣弄得到了表揚的男生第一名。我於是覺得眼前的姜山即便是八號樓的小孩，即便八號樓與九號樓的小孩最後冰釋了前嫌，也不能改變我與他之間的陌生氣氛，到了說再見的時候了。

我們那時候……姜山開口說，決定可不是我一個人作的，大家讓我當頭，當然我的決定就是大家的決定。……所以小美不能夠怪我弄丟了她的貓。而你那個時候，總是穿一條膝蓋上繡著貓的粉紅褲子，有時候褲子還會穿反，貓跑到膝蓋後面去了。你看，你那時不過是個拖著鼻涕的小孩，跟在我們後面，我們說什麼，你就做什麼，是不是？

我把桌子下的椅子拖出來，重重坐下，手托著臉頰，暫時不想走了，看著他，說，告訴我，小美姐姐的貓到底是怎麼丟的。

看上去像大好青年或者一心想做大好青年的姜山想的好像是別的更重要的事，他開口道，先說猴酷貓的事。這是我第三次看到猴酷貓。

不，先說小美姐姐的貓的事。

姜山說，小美的貓走失，是猴酷貓第一次出現之後不久的事。

他接著說：

猴酷貓坐在八號樓一間堆滿雜物的房間裡，窗戶開著，他坐在靠窗堆放的雙層床的上層的細細木欄杆上——讓人非常佩服他平衡能力的樣子——他看著窗戶外面，外面許多學生正列隊走過，聲音喧鬧，他們拿著標語和旗幟，正要走到外面的街道上去。貓戴著一副太陽眼鏡，圓圓的黑鏡片上面各有一隻猴子的設計，好像從鏡片上方探出腦袋用手抓著下面的鏡片。猴子的造型讓太陽眼鏡看上去很大，把貓的耳朵也遮住了。

你在幹什麼？我大聲問他。貓卻被嚇了一跳，從欄杆上掉了下來，眼鏡也掉了下來，樣子實在滑稽。我大聲笑出來，卻惹惱了他，他生氣地撿起落下的眼鏡朝我扔過來，差點打中眉心。我頭一偏，想要避開，再回頭，貓已經不見了，好像從窗口跳了出去。屋子裡剩下我一個人，我站在窗邊，繼續看下面在行進中的隊伍，隊伍非常長。

天氣很好，八號樓，九號樓的孩子們都在外面。八號樓的孩子在大樓前左邊的草坪上，九號樓的孩子在右邊，他們也都在看著走過的人群。小火箭，那時你五歲，咬著手指頭，站在小美身邊，小美八歲，穿一件湖藍的背帶裙。隊伍漸漸走完了，你們便跟在後面。拖了一條小尾巴的隊伍終於漸漸消失在梧桐樹成行的林蔭道盡頭，你們大概不過走到了校門口，沒有大人領著，守門的老爺爺不會讓你們出去的。只有我一個人站在二樓的空房間裡，從窗口看著走過去的熱鬧。

那後來你怎麼變成了孩子頭？我奇怪地問，聽上去不太合群呢。

因為只有我有想法，而別人沒有想到啊。姜山眨眨眼睛說，這種事情本來

就是這樣的。既然能走在一起，當然也能玩在一起。

我試著想像當時的情況，站在他的位置，從樓上往下看，那麼多孩子，讓他注意的一定是小美姐姐吧，他想親近的當然也是小美姐姐。但是，我開口時，仍舊一字一頓地說，我一點也不記得了。

沒有什麼。姜山不在意地說，我不過是在大家都在場的情況下提出我們應當一起玩的建議，並且提出應當有一個人來承擔召集大家的責任，於是大家就覺得那個人應當是我。於是，從此之後，大家就開心地玩在一起了——就是這麼簡單！

才沒有！我突然說，記憶悄悄回來了。我說，小美姐姐本來才沒有同意那個人是你，她也不喜歡你說的那些要玩的遊戲，可是還就一下，一起玩也就罷了，遊戲的時候那些調皮的男孩子老是來搗蛋，惹她生氣，本來我們九號樓的小孩子也不來幫我們了，你這算什麼嘛。我覺得對於整件事，小美姐姐並不開心。

他一愣，道，不可能。少數服從多數嘛！即便，即便不開心也只有認了。

胡說！我終於生起氣來，你也應當保護我們少數不受傷害呀！遊戲的規則不應該是這樣的嗎？

這……男孩子就是這樣啊，只是喜歡跟你們女生鬧著玩，沒有惡意。姜山看上去有點傷腦筋，臉上出現擔心被鬥敗的神情，看上去有點心虛，我緊追不捨，道，但是小美姐姐卻明明被傷害了。而且……那貓呢？貓是怎麼丟的。

姜山臉上出現思索和困惑的表情，過了一會兒，才說，那隻貓跟猴酷貓長得真像。每天，他是不是都會送小美上學，跟著她走到圖書館前面草坪的盡頭，然後小美繼續去學校，貓則自己回去；然後放學的時候，他會在宿舍大樓前等著小美回來，有時候，你會跟貓坐在一起等。

沒錯！就是這樣！我回答。

男孩子們想開個玩笑，想看看把貓帶到別的地方去，他還會不會自己回來。貓認識他們，但是那天他卻對他們很不友善……

他抓了你的臉，是嗎？

姜山攤開兩手，沒有用話語回答。

小美姐姐的貓就這樣被你們弄丟了？我不置信地問道。

姜山遲疑一下，說，我們把貓帶到校園另外一端的大門附近，我好像在那兒又看到了猴酷貓。他坐在大門上面，又戴著那猴子墨鏡，一轉眼跳到圍牆的另一邊去了。——小美的貓也許就跟著他去了。

我想要生氣，但是那麼多年過去了，我心中膨脹起來的憤怒卻沒有能夠達到爆破的程度，又慢慢癟了下去。我本來也不是一個鬥士，只是想著小美那年的無邊的傷心不甘心而已。後來，她父母來接她，她結束借居生活，離開了這所校園。再後來新的教師宿舍竣工，大家便都搬走了。過去的沒有辦法改變，而對姜山再說什麼也已經於事無補，我心中因為突然的無力變得憂傷。對姜山說的話不感興趣了，只是敷衍著問，像問陌生人那樣問他，後來，後來你還看到過猴酷貓嗎？

第二次，是十年之後。姜山說，那年我進入大學，就在這所學校，還是住在八號樓。八號樓那時被翻修成了學生宿舍了。其實，大多數時間我住在家裡——因為安靜而且比較舒服——只是在宿舍象徵性地佔一張床位而已，所以對同宿舍的同學其實並不熟悉。儘管不熟悉，也知道其中一個同學最不受歡迎，也許是因為他的生活習慣不同吧。整年穿著相同的衣服，讓人懷疑什麼地方可能還有補丁之類的東西，同學的聚會全不參加。光是因為不同，而被人討厭，在學校裡是經常會發生的吧。

這可不太好。我自言自語。

姜山點頭同意，說，的確不太好，不過那時候大家都自以為是各自忙著，對不喜歡的東西表達了討厭的情緒之後卻沒有時間去想一想為什麼，或者對不對。大一第一個學期很快就要過去了。考完最後一門課的下午，我走回到宿舍去取東西，走到我們那一層的時候，看見猴酷貓在走廊裡走來走去。他戴著一隻手錶，手錶有一隻蓋子，要把蓋子掀起來才能看到時間，蓋子是一隻猴

子。那個手錶在他纖細的前臂看上去過分巨大，卻紋絲不動，沒有要掉下來的危險，他東張西望，抬頭看每一扇門上的門牌號碼，與我擦肩而過，卻沒有驚慌。他那帶浣熊尾巴般條紋的毛茸茸的尾巴甚至在我褲管旁輕輕拖過，我卻因為過分驚訝而靜止了足足一分鐘，等我醒覺過來，猴酷貓已經沿著樓梯如同一隻奔跑的獸一般竄得沒了蹤影。

我以為整間宿舍只有我一個人，因為某個大型的期末活動正在禮堂裡進行，但打開門的時候卻發現那位不受歡迎的同學也在，他在哭。一個男人哭成那樣，讓人覺得世界上不會有比之更悲慘的事了。我站在門口，不知道該說什麼好，他也不能馬上停下來。房間外面的走廊很長，光線也不好，另一端有一扇小窗，但那光卻傳不過來，而是好像要把這一邊的光也吸過去那樣。那一瞬間，我想起十年前我們在一起玩耍的孩子們，想起那時候的吵吵嚷嚷的喧囂，時間過去，難道我們的心都慢慢變得這樣堅硬起來了嗎？——因為我站在那裡，跨不過去，我只是單純地等待那個同學停止他的哭泣，甚至祈求著，快點，快點，好讓我若無其事地走到房間裡去拿了我的東西，不至於尷尬地走出來，若無其事地走回到我的正常的人生中去。

可是，他像被夢魘纏住了，那悲傷的哭嚎，無論如何停不下來，我只好靠在門框那裡看。他像一頭受傷的小獸。那樣的哭法讓人覺得唯一的慶幸就是你不是他——一定是他家裡發生什麼事了——我這樣猜想，但是沒有開口問，無論如何嘴巴沒有辦法張開。那樣大概過了十五分鐘，樓梯那邊漸漸出現了喧鬧的聲音，是活動結束大家往回走的聲音，他才漸漸止住了哭泣。不過卻俯臥在床上，背對著外面，好像睡著了那樣，起初肩膀還抽搐幾下，後來就不動了。

回來的室友們七嘴八舌地說著什麼，沒有人注意他，也沒有人問他任何問題，我坐在自己的床沿——我的床正對著他的，我好像還是被什麼東西嚇住了似的，說不出話來，也不想動。覺得口渴，卻不想去倒水喝。

大家紛紛擾擾都在聊天。到今天我還記得大家聊的話題，有人說，他們家新買了房子，那個寒假就要搬家了；有人說他們家的工廠忙到過年也還要

加班；有人說要送他的女友一個傳呼機——對，那時候還是前手機時代；有人說這一個學期，光是買衣服，買唱片就花了幾千塊，好在過年還有資格拿壓歲錢；有人便接下去說，新開的商場裡那些新的南方來的品牌一點也不算什麼，那些真正的名牌是這個，那個和那個，這個城市遲早也會有；也有人說，目光要放遠一點，現在幾大跨國外資公司也都在畢業生裡招僱員，直接送去總部培訓三個月；有人說寒假要帶女友去溫暖的南方旅行；有人說，有沒有聽過新經濟，新經濟！！！有人便說，一會兒吃飯前先去電腦室，查看電子郵件，看看國外大學的網站……他一直躺著，沒有人理會，我的名字倒是時時被喊出來，但是我也沒有了聊天的興致。

後來，我才想起來，當時我被什麼嚇住了，是被冷漠，空氣中的冷漠，我自己的冷漠，讓我手腳冰涼，但是我什麼也做不了。

後來，大家都走了，大概是去吃飯或者慶祝一個學期的結束了吧。我沒有走，他也還是維持原先的姿勢躺著。等一切回歸真正的安靜時，他才起來，那時，他的表情已經回復到正常了，或者是換上了一幅漠然的神情。

他從床上起來，望著窗外。我也開始默默整理自己的東西，力氣到那個時候才回來，好像可以正常地運作了。望著窗外，他卻開口了，問，你看到那隻猴酷貓了嗎？

啊？

我們老家的人說，猴酷貓來的時候，一定是在找什麼東西，找到了，他也就走了。

啊？

他卻沒有再說別的話，直接從窗子裡跳了出去。

我完全嚇呆了。姜山說。

他呢？我著急地問。

他？他還好，只是摔斷了腿，在醫院躺了一個寒假。

我沉默著。姜山也沉默著。我們互相注視的時候，我勉強笑一笑，說，還好只是這樣。你們後來……

姜山低低地說，我們去醫院看他，並且籌集了醫藥費，但是我們並沒有成為朋友——太遲了——即使知道了他的故事，但不是他親口說的，而是風中的傳聞。總之，太遲了，我們都太忙，時代在走，走得太快。一個學期，又一個學期過去了。而那次，我只看見了猴酷貓那麼一回。

但是，我說，你有沒有想過，猴酷貓其實不想走，他想留下來。每一次，只有當他找到了那所謂的惡意之後，他才會消失。你有沒有想過，其實那不是他的願望，他其實什麼也不願意找到，只想留在這裡而已。

啊？姜山非常驚訝，像一隻氣球被戳了個洞——我這樣想，而且有點快意。

你的冷漠大概也嚇走了他吧。我聳聳肩，自他身前走過，一面轉動門的把手開門，一面說，我會告訴小美姐姐碰見了你。但是門把手卻紋絲不動，怎麼樣也打不開。我以為姜山會過來幫忙，誰知他也一般巍然不動的樣子。

我迅速回身看他，在閃爍的大片屏幕當中，他的臉上也忽明忽暗，而且看上去有點尷尬，額頭亮晶晶的，似乎出了一些汗。他說，小火箭，讓我問你一些問題，好不好？

不好！我說，我憑什麼要回答你的問題，你是什麼人。

不要緊。他似乎要盡量溫和地說，小火箭，只是幾個簡單的問題，我確定會於你無害。你讓我完成我的工作，你是小美的妹妹，我不會為難你的。

你的工作與我有什麼關係。我覺得自己正在憤怒起來。

就幾個問題。他用哀求的口吻說，為什麼要到這裡來，為什麼要到這所廢棄的校園來，為什麼要跟我到這個實驗室來？你是傳說中的網絡黃雀嗎？小美也是嗎？是不是？請告訴我……

為什麼，為什麼，為什麼！是不是？是不是？是不是？他的聲音變作回聲在我耳邊轟鳴起來，那聲音裡竟然有一點懼怕，而且愈來愈嘈鬧，使得我的憤怒無限膨脹，終於抓起旁邊的椅子朝牆上的屏幕掄過去。

我在一片嘩啦嘩啦的破碎聲中昏睡過去，抑或同時在那些碎裂聲中醒來，發現自己躺在廢棄的大學校園的圖書館前的草坪上。近處有一隻貓，桔黃色，尾巴跟浣熊的尾巴一樣有條紋，他徘徊著不走近也不離去，他長得像那隻猴酷貓，但是身上沒有猴子圖案的裝飾物，他長的也像很久之前小美姐姐的那隻貓，但那是很久之前的事了。

我其實記得小美姐姐的貓走丟的那一天，我也哭了很久，哭得比小美姐姐還要傷心，因為我一直覺得那其實是我的貓。

我看向旁邊的教學大樓，奇怪的是三樓的玻璃窗裡彷彿有人，正朝著這邊窺視，或者只不過是在觀望吧。

我想，如果從天空俯視，此刻在這廢棄校園中間草坪上的我和貓，看上去應當是非常渺小吧。但是，貓還在徘徊，沒有離去。慢慢地，他停下來，我們彼此注視著。我希望他會靠近我說喵，像以前，小美的貓會做的那樣。

十七歲少女的勇敢駕車之旅

十七歲的少女抬起頭，廣闊的天邊，雲像緩慢的羊群以兵臨城下的架勢緩緩移動過來，看樣子花不了太多時間就會覆蓋住這一邊的藍天。她蹲下身子，把車下的千斤頂放下來。車子已經換好備用胎，又可以上路，撐到下一個高速公路出口應該沒有問題。說到高速公路，沒錯，飛速行駛的車自她身邊接連不斷呼嘯地開過去，空氣彷彿一直在劇烈地震動著。從她打開緊急信號燈，停下來，架起千斤頂，半個身子鑽入車下去找飛出去的工具，好像一直沒有車放慢速度，更沒有停下來——這本來就是高速公路嘛——她這樣告訴自己。她偶爾眯起眼睛看天空，那時天上還沒有那麼多雲。高速公路邊上是未經開墾過的大片原野，沒有人煙。她看著說明書，極有條理地一步步操作，時間不知道過去了多久，汗流了很多。

但是，好像是有一輛車停下來了。當她把汗抹乾，抬頭看天的時候，那輛車停在她的車後面。車門打開，駕駛室裡的人走下來，一隻腳先踏在地上，動作緩慢，像時代劇裡新人物出場的誇張鏡頭。

然後，她就醒了過來。不用看鐘錶，她也知道那大約是早上六點零八分左右。不管睡得多晚，都是在這個時候醒來，而且早上容易做這個同樣的夢。也不能算夢吧，因為那的確是十七歲那一年發生過的事，除了最後一幕。不，沒有，沒有人停下來——在她十七歲那年需要幫助而獨立做完了那件事之後，好似一個啟示錄般的開始，後面的人生，她便習慣一個人面對所有事。好像人生就該是那樣，孤獨而認真地，井井有條地對自己檢討修理，只是為了匯入同樣孤單行駛的車道——不過，現實生活中，人們把那樣的車流叫做時代的洪流。

人人都做夢。他也做夢，重複的夢。夢到自己在高速公路上停下來，向前面的車走去。車旁邊的少女背對著她，正仰頭看天，車道邊因高速行駛的車輛產生的氣流把她的短髮吹得亂七八糟的。他的耳邊充斥著各種聲音，張開嘴巴，卻聽不到說出來的話。這是在夢中。但事實上，很久之前他在美國駕駛的時候，的確看到過這樣的一個少女。在一掠而過的瞬間，他看見她從車下爬出來，長長吐出一口氣，臉上有種驕傲和勇敢。他沒有辦法在那樣的車速下驟然停止，高速公路一直延伸，盡頭是北美那廣袤的大地，遠處正有厚重的雲緩緩推過來。

夢管夢，生活管生活。

他們在叫做九記牛腩的小店前排了大約十分鐘的隊。操廣東話的店小二把他們帶到同一張小桌子前，說，拼桌啦。他們沒得選擇。有名的小店，並不以服務或者環境著稱見長。他們一面吃牛肉麵，一面認識。一面在這個中國南方的城市開始生活，一面約會。一面應付各種生活的瑣事，一面將愛進行下去。然後在紅棉道婚姻登記處登記。

生活在一起，各自做各自的夢；剛好在同一時刻，他們的夢中出現相同的快速車道和藍天的時候，眼皮有時會不自覺地跳動。

直到有一天，開車經過中環鬧市，輪胎突然爆破。他們將車停在路邊，打開緊急信號燈，他們檢查車後的備用胎和工具都齊全，然而他們還是打通車行的電話，三言兩語之後，他說，車行的人馬上過來，換了備胎，就開回去修，我們只要一個人在這裡等就可以了。她說，沒事，我們一起等。

他似乎有些意外，但旋即說，也好。

人來人往，車來車往。突然她說，知道嗎？我十七歲那年，一個人在高速公路邊上換了車的輪胎。完完全全一個人。

他有些驚異地望著她。

她卻說，十七歲時的勇敢，我好像不再有了。

她穿著套裝，拎著手袋，抬頭看天的時候，看見的是高樓的玻璃牆。

報紙女郎

報紙女郎坐在吧枱一角，穿著一件Dior古款的報紙裙——並非上個世紀的古董，最多不過十來年的歷史——吊帶露肩的黑白裙裝驟眼看去，像是將一張報紙穿在身上。有七分舊的裙子穿在她身上倒顯得十二分妥貼，像一隻手套穩穩地戴在手上，分毫不差。下午五點鐘的酒吧空落落的，酒保也彷彿還在準備之中，連音樂也聽上去有點臨時的感覺，好像不太確定是不是會被選中，而顯得底氣不足——也許只是音響的問題。

他進來的時候，左右看了一圈，看到她的時候，眼睛一亮。但定睛一看，卻明明覺得有種驀然回首的感覺，像過去的什麼被撥動了，幽幽地在耳邊有個什麼聲音要響起來，像一首快忘記的老歌，一旦響起，多少會勾起些好回憶。

不過，他沒空仔細辨別那聲音，酒吧裡的音樂就夠吵了。那音樂好像終於找到了方向，變得理直氣壯放開聲喉。那顯然是電子混合的一把聲音，很篤定地知道自己將佔領這裡的空間或者更廣大的地方，於是用看不見的觸角，耐心地拂過聲音能及的每個角落。他定一定神，走到她身邊坐下。

她看他一眼，招手叫酒保過來，還沒有開口，他說，下一杯算在我頭上，我請你。

她又看他一眼，沒有說什麼，只是點頭示意酒保續杯。他也示意要一杯一樣的。

這個時候喝酒還是偏早了一點啊。他跟她說。

對我來說，是一切都太遲了一點。她說，時間正離我而去。

他聽了一愣，以為自己聽錯了。這樣文藝的話，與這個地方格格不入；他身邊也許久沒有人這樣跟他說話了，除了多年前家鄉中學裡的小女生。

他聳聳肩，打算換一個話題，說，你的裙子很特別。

她低頭打量一下自己的裙擺，用手捏起一角，又鬆開。裙子的質料讓那墜落的過程有一種慢動作般的飄逸，她說，我是報紙女郎嘛！

他一愣，開始喝自己的酒，一面想，他們說得沒錯，這麼早就開始喝酒的人果然腦筋長得跟別人不太一樣。不過酒吧裡再沒有別人，他只好坐在原處，說不上是不是有些後悔。

他揉揉自己的眼睛，看她裙擺上的圖案，黑白新聞圖片加上不知是什麼時候的新聞報道，字跡有點模糊看不清楚。視線往上移動，看到她的表情，不出所料，報紙女郎看上去有點傷感，不知是為了配合裙裝，還是心中果然有朦朧的鬱結。

你是做哪一行的？報紙女郎忽然問。

這還算是個正常的問題。他這樣想，所以很真誠地開口回答，說，我是做電子媒體的，做綜合信息網站。他看一眼報紙女郎的報紙裙，說，有了我這樣的網站，人們就不須要看這種報紙了。他喝了一杯以後，聲線高了半個分貝，像宣布什麼，指著那裙子，朗聲說，結果，你看報紙的用途就變成了這樣，純粹作為裝飾用的了。

報紙女郎的臉色變了變，輕輕說，果然如此。果然像他們說的那樣。

然後，她舉杯，跟他說，祝你前途無量。

他心想，這是什麼跟什麼嘛！真是個奇怪的人。但是，酒吧裡只有音樂，再找不到另一位客人。所以，他儘管狐疑，但還是坐在她身邊，將酒一飲而盡，然後又一杯……

接著，他陷入了昏睡。醒來的時候，在自己的辦公室裡，手邊有一瓶喝了一半的威士忌，冰桶裡的冰融了一半。

地上飄落著一張報紙，軟搭搭的。

手下的員工突然氣急敗壞地跑進來，說，公司的網站被黑客侵入，頁面全黑了。

他愣愣地坐著，出神問道，地上的報紙是怎麼回事？

員工莫名其妙地看他一眼，說，您看看網頁。

他打開電腦，跳入眼簾的是公司的主頁，那是個報紙女郎的背影，穿著七成新的裙子，背對著他。

他於是立刻出了一額頭汗。

然後，他醒過來，這一次才是真的完全脫離了夢境——終於醒了。可不是，不光是報紙，所謂的綜合信息網站這種概念也彷彿是遠古代的事了，而他也早就與報業無關，一門心思在各種新的行業裡寄託，游刃有餘。

他努力回憶夢境中那個報紙女郎的面容，那憂怨的眼神——他確定那種眼神只有一種解釋，就是他得罪了她。

手按住圓鈕，窗簾緩緩打開，陽光一瀉而入，新的一天居然沒有等他，早就已經開始——他一定是被夢境耽擱了。不過他出品又監製的新劇快要殺青，這幾天只須補拍幾個鏡頭就可收尾。從頭到尾他覺得自己包攬得太多，也許實無必要，該放手的時候要放點手才能算是聰明——他又想起夢境中那報紙女郎，這一次他覺得她的神情中充滿了揶揄——也許他只是混淆了戲裡戲外的人生。那女郎、那場景不知是哪一部戲中的一個鏡頭。

到處是鏡頭，長鏡頭、短鏡頭，淡入漸隱——這是他如今的生活的常態——把春秋秦漢到唐宋元明，清末民初跨越千年的時空疊印劃入劃出在鏡頭下——歷史可以在這個影視基地重新創造，在燈光下粉墨登場如夢似幻——他當然為這種創作覺得自豪，所以在去攝影棚的路上，他狐疑地想起夢境，心中忿忿不平——那報紙女郎有什麼資格嘲笑他？誰能詬病每個人心中渴望創造的那一股熱情？

在這個與那個外境之間，他突然迷失了方向，彷彿是宿醉方醒。他一時不確定自己應該去哪一個片場，該去巡視那巍峨宮殿的外景，還是乾脆去攝影棚中應景搭建那個修習上乘武功的惟妙惟肖的山洞。

恍惚間有人推了他一把，他一個趔趄，差點摔倒。周圍不知何時湧出了一群人，有的穿著長袍馬褂，有的西服革履，洋裝旗袍也一起上場。到處喧喧嚷嚷，幾把聲音同時在高音喇叭裡叫著，要封路了，要封路了，各就各位。

他估摸是一齣年代劇正要開鏡，轉身想要走避，卻見前面二層的小樓開了扇窗，有個穿陰丹士林布學生裝的女子探身往樓下張望。他仰頭瞥見她的面容，猛吃了一驚，那分明就是夢中的報紙女郎。

有人推他，在他耳邊大聲說著什麼，不由分說遞給他一件青灰色的長衫。他如若墜入迷津，下意識將袍子披掛上身，被人在身後推了一把，他便往前一步，撥開人群，走入那座小樓。樓外是舞臺，樓內是後臺——一個堆滿布景的臨時倉庫，此時層層疊疊堆滿了一疊又一疊的報紙。他找到樓梯往上走，連樓梯上也堆滿了報紙，他抽出一張，卻根本看不清上面印的字，密密麻麻，細如蚊蠅，他耳邊一把聲音變得細不可辨，依舊催促著他。

他走到樓上，樓上鋪天蓋地堆的也是一樣的報紙，那女學生扶著窗的欄杆，半個身子探向窗外，揮舞著右臂，剛正完成一段激昂的說辭，他聽到她說著關於力量和希望的字句。然後，她從身邊撩起一疊報紙往窗外撒花般將那印字的紙散發出去，樓下傳來人潮湧動的聲音。她看上去激動莫名，一疊又一疊，將報紙飛撒出去——他知道鏡頭架在外邊，上下左右，可以將女孩子的表情和那漫天文字飛舞的景象從每一個可能角度收錄在案，然後可以編輯出震撼人心的畫面。

他站在暗處，直到聽見外頭高喊cut。那女學生忽然轉頭，對他招手，於是他走到窗邊，正看見半空飄揚的最後一張報紙如降落傘般緩緩降落。他與她都探身出去，專注地看著那報紙翻飛落地的過程——剛剛沾地，就被人撿起塞進了黑色的大膠袋——事實上，許多人在做一樣的事，收拾片場，為這個鏡頭重拍，或下一個鏡頭作準備。

這時，女學生直起身子，打量他，狐疑地問，你是誰？鏡頭裡應該有你嗎？

他搖了搖頭。

女學生皺眉，探身出去，也許是在找導演，要求一個答案，同時，飛快瞥他一眼，問，你是誰？

他吃了一驚，道，我……我……然後，他也挨著她往樓下看，樓下街道上的報紙已經被清理得差不多了，他不由脫口而出道，我以前是辦報紙的呢。

女學生咦了一聲，來不及回答，化妝師已經將她拉到一邊，要為接下來的鏡頭補妝。她的臉微微揚起，神情有些稚氣，讓他想起多年前家鄉中學鄰桌的小女生。那時，他們坐在一起談理想，他說他想做一個專業報人，而她呢？她在那時有什麼樣的願望？他竟然完全記不得了。

他從她身邊走過，沿著樓梯下樓，穿過那堆成山般的報紙堆，外頭街上人已經散了大半。他卻有些徬徨。

幸好，就在那時，有人一把拉住他的胳膊，聲音頗為激動，道，製片，您為什麼在這裡？我們都在片場等您呢——他們讓我來接您。

他承認被嚇了一跳，但同時鬆口氣。輕輕拍拍那人緊抓自己胳膊的手，讓那手鬆開，然後從地上撿起一張報紙，揣在胳膊下，不慌不忙地沿著街道往前走去。那是他自己劇組的助理，此時在身後緊緊跟隨，道，製片，您穿這一身，還真的有模有樣，像年代劇裡的報人。

他低咳一聲，什麼也沒說，心中卻在重複剛才聽到的那個問題，我為什麼在這裡……

轉彎的時候，他回頭，小樓上那個女郎又已經就位，手中展開著一份報紙，似乎在認真地閱讀。那報紙出乎意料地巨大，看上去在窗口遮住了她整個身子，遠看彷彿是一襲黑白的印字的袍子。

然後，往前走，幾步之遙，是另一個片場，助理解釋，道，他們搭了個攝影棚在拍時裝劇，借來許多大牌的衣服，裡邊還設了個酒吧，設置一流，如假包換……

苔蘚貓

貓出現的時候，他正坐在樹下的草地上看書。他先看見貓，然後看到走在貓前面的小女孩，女孩子戴著太陽帽子，背著一隻小書包，一面走，一面不斷回頭。於是，他意識到那隻貓原來正緊隨著前面的女孩。女孩子在前面，貓在後面，一前一後從草地的這一端走向另一端，草地上沒有別人。天出奇清澈，草自然也是格外綠——這景象在他的印象裡落了根，時光愈久，愈有一種奇異的魅惑，使得他彷彿看見草地上的自己緩緩轉身。背後是學校的圖書館，高大肅穆，建築風格多少受了鄰國蘇聯時期的影響，實用為主，不苟言笑。他再回頭，女孩子和貓都不見了。女孩子好像穿著白裙子，貓則是黑白的——背是黑的，肚子和腳是白色，圓圓的臉上有人字形般的瀏海，所以讓牠的表情看上去格外像人——有一副焦急的樣子，煞有介事，讓人不由自主跟著擔心起來。不知道他們去了哪裡，女孩子的裙子上沾著綠色的苔蘚，貓的爪子上也有綠色的痕跡。他們好像愈走愈快，終於貓開始跑起來，像那些大的貓科動物，兩隻前足並用，後腿同時往後蹬，愈發顯得風塵僕僕。只是，前面的女孩子難道真的走得那麼快，讓她的同伴也沒有辦法跟得上嗎？——那白色的裙子像風一樣飄走了。

那是八十年代末的夏天，他正為離開作準備，心猿意馬，一個下午坐在草地上，書也只是翻了三四頁而已。想有一些牽掛的東西好作為自己的寄託，但想著想著，便有極深的失落。到黃昏的時候，草地兩邊的林蔭道上有人走過，也許是暑假留在學校的學生，或者是老師。吹起了風，他才想到這個下午當真炎熱，於是站起來，往宿舍的方向走去。路過圖書館前面的空地，蟬在叫著，除此之外格外寂靜。他沒有停下來，也許有一些滾滾的沸騰人聲在腦海中排山倒海地湧過，也只是一瞬而已，如紀錄片中閃過的那些歷史鏡頭。他穿過那個炎熱的下午，離開了那個城市，走得很遠，到另外的國家，一面思念一些自己也說不清楚的東西，一面在各種各樣的變化中，慢慢接受自己也在改變這個事實。

不過，一直沒有忘記那個下午，所以，讓自己覺得好像從來沒有真正離開過。藍天綠地下，有一隻貓，隨著穿白裙的女孩子，風塵僕僕，時光如梭。

回到原地，是二十五年後。少年時候強說愁，說的滄海桑田，原來是這樣的——以前的學校已經移到城市西面重新規劃的大學城，校園的所有建築已經被推倒，變成了城市中心的商業辦公區。他參加一個併購項目的酒會，代表被收購的外資項目，賓主盡歡，各盡所能，各取所得。酒會在五星級賓館的頂層，城市風景一覽無遺。直到酒會最後，他才意識到自己站在原先那座學校的圖書館的位置上。從這樣高度看下去，真是什麼也看不清了。他幾乎緊貼著玻璃窗，往下看，想看緊靠著這個位置的地面，正要放棄的時候，聽到有人在他身邊說，什麼都沒有了。

他轉身，是同一項目上中方代表的一名年輕女子。她解釋道，聽他們說，您是這個學校畢業的——你知道，因為地段好，學校的土地被徵用，學校也被遷走了。雖然市政府為這件事還鬧了醜聞，但是商業中心還是被建起來了。

他不知道為什麼自己聳聳肩，然後，像要為自己的冷漠補救，解釋，下面原來是一塊草地，那時候，周圍的小孩子也會去那兒玩，我還看到過一隻貓跟著一個女孩子在草地上走過……

年輕女子只是禮貌地微笑，於是他便沒有再說下去。大廳的另一端，作為收購方家族企業的年輕繼承人看上去意氣風發，「五花馬，千金裘，呼兒將出換美酒」，後面一句當然不是「與爾同銷萬古愁」。

他突然覺得這樣的夜對於他來說，太年輕了一點。提早離開，臨時決定在附近走一走。在類似城市中心花園的鐵椅坐下，突然有隻黑白相間的貓嗖地竄過，他下意識站起來，張望，想找什麼，但立刻意識到時光不在。坐下來，在風吹過來的時候，他又想到了理想這個詞語，和多年前的豪情壯志。

十八春之流年

小賈和小億有十八年沒見了，及至再見，細數少年往事，計算時間，都被十八這個數字驚了一跳，幾乎仰後一跤，覺得這怎麼可能呢？不過千真萬確，十八年過去了。這一年是二〇一一年。

不過，她們也不算真的全未謀面。就那兩天，她們還同在開心網上玩得不亦樂乎，在虛擬世界裡安居樂業。甚至半夜起床，互相偷盜成熟的蔬菜、靈芝和兔子——那是在老同學間突然流行起來的網上遊戲，你耕我種，惺惺相惜，但也依據遊戲規則津津有味不斷地彼此實行小奸小盜。既增加遊戲的分數，又順便聯絡感情——借此確信彼此在真實世界中存在著，儘管久未真正聽到過對方的聲音，連對方的相貌也要不確定起來了——過去的自然一直留在記憶裡，即便模糊了，還留著個影子；但是當下反而隔了重重的山，若有擦肩而過的情形，一定彼此錯過。世界本來就變得虛虛實實，簡直無法追究，其實大家多半也沒有深究的興趣了。

中學時代，她們都算是很文藝的少年，看了許多文藝小說。所以說到十八年，就想到張愛玲的《十八春》那個淒婉的故事，那樣的十八年不曉得是怎麼過的，不過這樣的問題相當無謂。那樣淒涼而無足輕重的人生想必苦短，也與他們無關；不過任何的十八年看來都極為容易流逝，像她們的就如此，時光在不知不覺中流轉。小賈在上海，小億在新加坡，周圍世界無大風大浪，只有一些瑣碎的小煩惱。但是他們都已成長，知道人生未必能圓滿，太過完美反而可疑。人生的本質就是這般坦蕩無奇，甚至有些殘忍。

這一次也算不期而遇，她們路過香港，碰巧有位老同學搬來了這裡，一聯繫，結果大家都聚在了一起。坐在一處，倒不說別後種種，只講少年時候的事，在南中國的潮熱夏天裡，心中彷彿也濕潤起來，少年時候的溫柔心事，歷歷在目，竟然毫不生疏，絮絮叨叨中勾出一件陳年往事。

小賈在當年出名的頑皮，那年情人節，她伙同另外幾位頑童找了些消遣的目標，量身度造慕名者，然後聲情並茂地寫情書投遞。原本不過為了看熱鬧，希望有人自投羅網，對號入座，唯恐天下不亂。但是天下並無半分亂，雖然是中學生，處理此類情事，不管真假，大家都很老道，虛虛實實都化為無形，只除了一個人當了真。那個人就是小億。也不是小億特別天真，大約那封匿名的情書以暗戀者的身份出場，隱姓埋名，處處表現無法表白的無奈，是所有信件中的頂峰之作。而小億本來就有傾心之人，誤打誤撞，居然認定了寫信的人是誰，不疑有他。小賈等人當然興致勃勃，在旁煽風點火，一面繼續匿名投書，將這種默默的表白堅持下去。小億是慢性子，又是含蓄之人，從此認準了他，對他的一舉一動都一廂情願充滿憧憬，直到小賈她們終於開始害怕，不知道一齣戲要怎麼唱下去。也許是小億的天真和那個年代大家對單戀視作當然的態度，讓這充滿無奈之美的感情一天天拖到畢業，總之幾個女孩子已經無膽把小憶的一腔甜蜜戳穿。初中畢業會考，大家奮戰一場，無暇顧及這虛擬的情事，最後考試結束，暑假開始，大家便一轟而散了。初中升高中，小億去了不同學校，大家鬆口氣，以為從此不必負責。

小賈本來已經完全忘卻這回事，但是小億突然提起當年的那些情書來，表情突然有些靦腆，往事便突然回湧。小賈愣了片刻，驀然發現當年的小把戲原來到此時還若即若離在近處窺視著自己。她一時沉默覺得心虛，不知要拿這陳年的謊言怎麼辦——如夢幻泡影，如雹如霧，生命之一切都不過是一閃俱過。當年孩子的鬧劇當然也如此不值一提，這樣的道理她都懂，可她實在沒有膽量毀了眼前的她的快樂，哪怕是一點點。她親筆勾勒的情書，她當然記得一切細節，他是如何如何仰慕她。但是，這樣的愛意卻又如此這般不能正面地表達，他把這樣的愛放在心底，從此成為生活和學習的動力——雖然如今看來有些陳詞濫調，但是當年寫下那樣句子的時候，她自己也覺得感動。而小億呢？她雖然一直沒有確定那究竟是不是她心中以為的那個他，但是這顯然不重要了——

這樣一份出現在少年時代的情誼和懂得，帶給她的除了微笑，還有一些微妙的青春期的自信吧。

小賈心中充滿愧疚，她心虛地試圖說服自己——呵護一個少年的玫瑰色的夢應該沒有錯吧。是的，讓人快樂地相信一些什麼，有什麼錯？她突然想起她們一起遊戲的開心網，在虛擬的世界裡，她們津津有味做的各種小勾當，小盜小騙無傷大雅。原來，早在十八年前，她們已經在虛擬世界裡遊戲了。而在那個虛擬的空間裡，快樂是這樣容易獲得。小賈對自己說，我也不知道這到底對不對。始作俑者，到了最後，也還是糊塗了。這個世界就像一本糊塗賬，也許還不算是一本壞賬。

時間繼續流逝，慢慢開心網不流行了。小賈不再出現在開心網，不過她在新的社交媒體上找到新的社交空間。到二〇一六年，開心網被別的公司收購，小賈甚至沒有注意到這條新聞。那個遊戲早就沉入了水底。

小賈一直沒有再見小億，不過她偶爾會尋思，再過十八春，她會不會終於忘了這件事。

時代曲

很久以後，他約她出來吃飯。他叫鄭暖，她叫戚融融。唸書的時候，大家都說暖融融是天生的一對，兩人的名字放在一起，唸起來是這樣順口——暖融融——而且他們的志向也一樣，回到自己的國家，站在高處，做一些什麼。這是在大學畢業時候還有的想法，充滿理想和激情，因為他們都背景普通，所以這樣的志向反而不那麼野心勃勃，顯得充滿浪漫主義的情懷。有的朋友說，到了那一天，不要忘記我們哦；有的則不以為然，覺得那路途漫長，最後多半變得渺茫；也有愛熱鬧的，就跟著一起籌劃一些所謂有益的活動，指點江山一番。他們唸的是名校，專業或多或少與金融有關，唸完便直接考了專業資格。在學校時候，本國有名望的人士路經大學所在的城市，也都願意接受年輕人的邀請參加他們的社團活動；待畢業了同樣一群人到了紐約，大多在金融這個行業，社團活動繼續，定期開沙龍，還是喜歡邀請名人，名人也還是願意敷衍年輕人，或者真的被他們感動，一時間熱鬧難當。不是革命的年代，沒有革命的氛圍，但他們理所當然覺得政治與經濟不是緊密相連的嗎？他們都是要做大事的人——他們自己這樣覺得，而那時他們所在的紐約，萬花筒一般熱鬧著，彷彿自成一個國度，有自己的遊戲規則，給所有問題的答案都是，可能，可能，無限的可能！他們幾乎都相信了。

很久以後，他約她出來吃飯。那時，他們都已經回到自己的國度。

晚餐約在大廈高層的時尚日本料理店，望下去是一個正在建造中的樓盤，才起了個頭，漫天黃沙的感覺——剛才在地上走的時候，工地被圈了起來，看不真切，但如今在高空俯視當然一目瞭然。他們不約而同地審視工地——挖了大半的坑，萬丈深淵一般，——然後目光收回來的時候撞在一起，相視的時候只好微笑，微笑留在臉上久了一點，像個面具。彼此注視著，倒又疑惑起來，或者這也正是本來的樣子——但，本來的樣子是什麼呢，竟有些記不清了。如今，在正式的場合，有人叫他鄭總，也有人會叫她戚總，好像是時代或者時間把他們推到了這樣的位置——歷經職場如戰場般的洗禮，脫了層皮一般——自然的，也許原本的樣子就如此這般地早已蛻去了。

他們坐下來，坐在對方的視線之內，慢慢地，在某個瞬間，像破雲的陽光緩緩滑過原野，彷彿有世紀初啟示一般的光芒緩緩地亮起來，像要溫暖什麼似地籠罩著他們。餐廳裡所有的聲響暫且退到遠方，儘管清晰，但是有種讓人心酸的清脆，瓷那樣易碎。很久以前的默契像是回來了，因為他們幾乎在同時刻意識到，如果他們一直走在一起，恐怕也能走到目前的位置，只是出了差錯，他們中途放棄了——像陌路人一樣，他們都自別人的口中得知對方的婚期，連彼此祝福也省卻了——直到偶然在工作場合相遇，都在同一個城市出差，在同一個項目上——有的同事多少知道他們的過去，連玩笑也不敢開，但是多少顯得小心翼翼，有說不出口的避忌——彷彿創傷有多深似的——是這樣嗎？——

滯留在這裡的週末他們終於相約吃飯，像要跟自己賭氣一樣——一切並沒有什麼嘛——這個時代裡一切本來就是輕如鴻毛。

好像可以聽到塵埃落地的聲音，那細微的聲響劃過心頭，好像要變成開啟什麼的鑰匙，可誰也不想伸手去拿那把鑰匙——所以過去的只好終結了，如同一個時代結束——他們終還是有默契的——即便各自仍舊都懷有著一顆真誠的心，但既然無論如何免不了要顧此失彼，最後還是只好生分了。

服務生來的時候，他們才像大夢初醒般地開始看菜單，餐館裡並沒有迥異人世的光芒，所有人間的聲音也都回到正常的頻率。

他們點了菜。他隨口問，下面要建造什麼？服務生一面收回菜單，一面笑容可掬地回答，是一個商場。

她往窗外看，黃昏正在降臨，她像還沒有進入任何狀況似地，疑惑道，這城市那麼多商場，又多一個，多此一舉。

服務生笑一笑，沒有回答。

一個短髮，妝容精緻的小女生端著他們先前點的清酒和毛豆站在一邊，掛著與妝容匹配的微笑，把杯盤一一放下，然後幫他們各自斟滿酒。小女生的微笑像會傳染，他們不由自主都掛起了一模一樣的幸福模式的微笑。舉杯——像儀式一樣——酒沾上唇，然後杯子放下來——酒在杯子中輕微晃動，像一潭可以倒影的水，於是想到那些遙遠的理想，如同高樓下才起的建築工地。心頭像是飄過了一些浮雲，心底起了潮水，但是兩人都覺得沒有說出口的必要了。因為誰也沒有辦法把心中的感覺說出來，這才覺得真的生分了。

生分的人才需要說話，於是他們像普通老朋友一樣開始聊起來，慢慢熱絡起來，卻也一面眼睜睜看著過去的愛如兵敗一樣撤退，退到了地平線後面。

無非說些八卦，說些政治笑話，心平氣和說些自己身邊的事，愈說，彼此之間愈發彬彬有禮。

鄭暖的口氣像在開會，說，剛從紐約回來，做完了一個遊戲公司的上市。全都意氣風發的樣子，我們這邊只是小股東，也覺得牛得不可一世——

感覺好。敲完鐘，一群人起哄去看房子，新起的樓，才動地基，開發商忙前忙後招待。進會議室前就聽見裡面在喊，有沒有搞錯，中國人不喜歡四、十三、十四、四十、四十四，這些單位不要拿過來。會議室門一開，裡面的人全站起來，禮數周到，有條不紊，有個臺灣女孩子作翻譯。

後來買了嗎？戚融融敷衍地問。

公司的人買了頂層的公寓。

喔。融融回答。

然後再去第五大道買東西，還有一撥人又開去Woodsbury的Outlet，貴賤通吃。

消費力強，沒有辦法。她隨口說，你買了什麼？

買東西是體力活。他笑笑答道，我沒這麼好的精力。過了一會兒，他突然說，但這物質生活，大家過得是這樣快活。

這幾句話讓她微微吃驚，聽上去像說書似的，不由抬起頭打量他。前半句不像他以前會說的，雖然是真話，但是那時理想太遠大，連這話也嫌俗氣，不屑說；而後半句，口氣這樣揶揄，好像也不是以前他的習慣。

不過餐館充滿溫情的燈光下，鄭暖看上去像個時代的大好青年，不過分時髦，也沒有放棄對時尚的追求，一副眼鏡讓他看上去格外誠懇。如果走在商業區的街道上，電影鏡頭滑過，現成是有說服力的商業社會中流砥柱的畫面。戚融融若有所思，手握拳頭托住腮幫，小手指卻伸出來在下巴的位置輕輕地勾畫，好像對什麼作不了決定，也許是記不清他過去的樣子，有點心酸，粗糙的青春被修改成了線條分明的裝飾畫，卻不覺得可圈可點。

她想一想，猶豫一下，想說一點什麼，打破眼前的客套與虛偽。於是開口，看著他，說，以前在紐約的時候。有一次，我在街上碰到一個人，自稱是攝影師，問我願不願意當他的模特。

我怎麼不知道？他原本剛舉起筷子，動作停下來，有些吃驚。他們那時候還在一起，從沒聽她提過，而且她那麼輕描淡寫說到那個時候的事情也讓他意外；她也有瞬間的錯愕，略微停頓，可能自己也沒有想到原來已經這樣沒有忌諱了，輕而易舉就穿過一切時光的屏障，若無其事，簡直可以隨時作出拈花而笑的姿態，真是自己都覺得有點佩服。

她於是微笑著繼續從容鎮定地說下去，當然，我沒有答應他……但事實上，……後來……我還是答應了他的約會。

嗯？他停下手裡的動作，眉毛揚起，下意識地，他自然不能對她說的事實持認同的態度——不是嗎？他們那時候，不正在交往之中？並且住在一起，對未來有共同的憧憬，對現世有手挽手的默契。與普通相愛的年輕人一樣，彼此付出心意和身體——他覺得她說的事不符合邏輯。當然，到了現在，他沒資格再說什麼了——可不知道為什麼事隔多年，她還要提起來——整件事聽上去這樣的政治不正確。

戚融融當然知道他的想法，聳聳肩，說，不是你想的那樣。

鄭暖遲疑，表情有點尷尬，不知應該選擇相信她所說的，還是她可能想要隱瞞的。戚融融當然知道他的想法，笑一笑，說，這不是重點，我要說的不是我跟他的故事。

鄭暖只好點了點頭，表示贊同，這樣才好鼓勵她說下去。

戚融融眨眨眼，便開始述說，我是在中城遇見他的，好像在梅西百貨店附近。那一區人太多，個個匆匆忙忙，只有他看上去異乎尋常地悠閒。因為表情的緣故，看上去好像鶴立雞群，就因為這樣我多看了他一眼，然後擦肩而過。走過了一個街口，有人在我身後拍我的肩，回頭，正是他。

鄭暖看上去不以為然，戚融融伸過手去，在他手背上彈一下，好像久遠以前那樣，雖然一瞬間兩人都有點不自然，可是像濺起的冰屑，旋即溶解，冰封於是可以有被解開的跡象。戚融融說，我知道你想說什麼，但我已經說過了——那不是重點。何況那時候，你走在你的陽關大道上，別的全是不相干的旁門左道。我若告訴你搭理了這樣的路人甲，對你來說都是多餘的，會被你取笑。

鄭暖將小酒盞裡微暖的清酒飲盡，差點因為這句話把嘴裡的酒噴出來，強忍住了，酒咽下去；沒來得及的駭笑也咽了下去，剩下的只有自嘲，道，說的什麼？到最後，我們走的都不過是地上的路而已。

戚融融一怔，眼中慢慢露出瞭然和同情，眼睛垂下來，用鼻子徐徐地將空氣吸進去，像要仔細地把肺中的空氣全部換一遍一樣。窗外的夜幕像又垂下了一些，她抬起頭，嘴抿起來，不好意思地笑一笑，然後開口，道，對於女孩子來說，在路上被問有沒有興趣當模特，多少是一種成就，我也不例外。雖然對當模特這種事全無興趣，但還是站住，頗有耐心地聽他把話說完——何況他看上去也算誠懇，全沒有侵略性。總之，到最後，他說，沒有興趣也沒有關係，有時間的話，不如到攝影棚看看。

壽司被端了上來，鄭暖一面端詳盤子上擺設一般的食物，一面脫口而出說，這分明就是勾搭。

戚融融眉毛稍微揚一揚，但不真的介意他這麼說，繼續說：

我於是找了一個下午去他的工作室，說想看他拍照。到的時候，他正在拍一個麵粉廣告。長相幽默的年輕男模特，把一個薄餅在平底鍋上翻了一個又一個跟頭，一直拍，中間補妝，後來終於把餅掉到了地上——然後就收尾了。接下來的模特遲到了，攝影師便與我閒聊，男模特不忙著卸妝，也坐下來。化妝也仍舊很鮮艷，所以看上去好像臉上誇張的表情還來不及收回去。男模特還是穿著那件鮮黃的襯衫，紅色帶白色大圓點的領結拿在手裡把玩，問，她是新的模特，還是新的女朋友。

攝影師則回答，她都不是，只是來玩玩。

他們說的是我，但我像個局外人，跟周圍的一切都不相干。周圍有從天花板拉到地的布景，大大小小的射燈，黑色的窗簾布後面是老樓的拱形的大窗，窗戶拉開，是樓與樓之間的後巷，聽得到遠遠近近的車聲喇叭聲。外面的世界聽得到，看不到，像虛的一樣。

男模特將食指和中指做一個夾煙的動作，問攝影師，可不可以？

攝影師甩手道，開什麼玩笑，工作時間。然後他們看我一眼，攝影師接著說，你以為別人都跟你一樣？

男模特聳聳肩，表示無所謂，看我一眼，道，亞洲來的模範學生？韓國人？日本人？還是中國來的？……

攝影師打斷他，說，去卸了化妝吧。你要等妮娜，還是把臉洗乾淨。

男模特離開房間，我正想著要不要離開。攝影師說，如果你不覺得無聊，再待一會兒，妮娜馬上要來了。

鄭暖這時專注地聽著，好像知道這個妮娜才是故事的重點。

戚融融說，妮娜她進來的時候，照亮了整個世界——這麼說不是陳詞濫調，倒不是因為她有多美，而是身上有一種氣場，彷彿世界在她的腳下——我沒有渲染，攝影師介紹我們認識，大概覺得我們都是亞洲人，我不抗拒與她交往，她也一樣，一來一往竟然熟了起來。我也多少了解了她的背景，她拍照，做模特，並不是為了討生活，想要走捷徑，她完全不需要那麼做。她的家境很好，或者應該說非常非常好——她早就站在比我們高得多的地方……

鄭暖抬頭看著戚融融的表情，彷彿在試圖明白她的用意。戚融融與他四目交投，眼中充滿了坦白和誠懇，她身子略為前傾，壓低聲音，道，那時候，我很想知道，像她這樣的孩子有什麼樣的理想，她那樣的孩子要實現自己的理想，是不是比我們容易得多？

鄭暖困惑地望著她，遲疑問，當時，你有這樣一個朋友？我怎麼不知道？

戚融融眨眨眼睛，表情有些調皮，口氣有些疲倦，讓人分不清她說的是真心話還是為了逗樂。她說，我有私心，我怕你認識了她，忍不住追求她。

鄭暖覺得有些恍惚，一面覺得她坦誠布公的態度彷彿將他們帶入了過去的時光，一面分明聽到她輕鬆的語氣中有種難掩的壓抑，因而覺得駭異——過去他曾經這樣了解她，他知道此刻她話中有話，在等自己先開口才好說下去。這是她以前一貫撒嬌的方式。但想起往事，他心中還是有點難過，沒有開玩笑的心思，語氣平板地敷衍道，我怎麼會呢？我們那時候那麼好……

他一時失語，不知如何形容那個時候的他們，隔著桌子望著她，一時沉默下來。

戚融融覺得自己跨了一步，卻跨錯了地方，以為與他迎面相向，可還是錯肩而過，且錯得厲害。她下意識拿著一隻小木勺子在盤裡劃了一下又一下，然後委屈地說，對你來說，你的理想不是比什麼都重要，為了理想什麼都可以擱在一邊？……

鄭暖卻像聽了一個笑話，忍不住咳了一聲，搖頭笑道，理想？我的理想？這跟她又什麼關係，那時候，我怎麼可能去追求別人？——你怎麼會有這樣的想法？他一面說，一面打量眼前的她，話中不無責怪的語氣。

戚融融微微一笑，用自嘲的口氣道，我知道，那時我的想法也天真，覺得她的背景不一般。你那些想要改變世界的理想，我以為有她的家庭助一臂之力，就容易了——你如果遇見她，肯定會有想法……

鄭暖一怔，然後立刻搖頭，叫了一聲——融融——喉嚨像哽住了，半晌嘆了口氣，皺眉，問，她姓什麼？

戚融融嘴裡吐出一個名字，輕描淡寫，說，那是她的父親。然後眼睛卻注視著他，眼神凝重，等著看他的表情。

鄭暖顯然大吃了一驚，輕出了一口氣，道，她家這兩年失勢了。

戚融融緩緩點了點頭，道，那是現在，以前可不一樣。鄭暖搖頭，說，融融，妳現在提這些有什麼意義？

戚融融聳聳肩，說，我只是不明白，想做一些事為什麼這樣難？你做成了自己想做的嗎？

鄭暖想一想，搖了搖頭。戚融融鍥而不捨，繼續問，當年，她父親已經在這樣的位置上，卻也做不到想做的。

鄭暖露出好奇，問，那個女孩子跟你提過她父親？她自己呢？她自己想做什麼？

戚融融臉上一瞬間出現認真的表情，努力回憶，然後放棄，搖頭，道，我

只記得她跟我抱怨，做不到自己想做的事，能做的無非是經營物質的生活而已。她說，要是在過去，她的父親會被歸入洋務派，洋務派在過去面對整朝元老也難免束手束腳。說到這裡，她語氣中出現惋惜，道，你想像不到她是一個多麼孤獨的人……她本來學的是政治經濟，後來也沒有用上……

鄭暖拿起自己面前的清酒，也示意戚融融拿起小小的酒杯，先乾杯，說了一句模糊不清的祝酒的話，然後說，原來，誰都是有理想的。你看，像她這樣的人也有做不到的，我們就更難了。我們小的時候看不到我們這個社會那些根深蒂固的基礎和複雜結構，等我們看清了，已經幾乎把力氣用盡了。

戚融融將那淺淺一杯清酒一飲而盡，聽著他的話，手還舉著杯子，一時放不下來。她似乎已經覺得意興闌珊，草草問，我們是不是都已經改變？

也許鄭暖想要開個玩笑讓氣氛變得輕鬆，輕輕笑道，改變？他們說按照叢林規則，為了適者生存，我們只能從食草的動物變成食肉的動物才可以……

戚融融似乎吃了一驚，道，從前為什麼沒有人跟我們說這些？

從前?鄭暖笑了笑,說,從前在學校的時候,我特地去法學院旁聽過一些課。最近說起,幾個合夥人起哄,要請教我一些法律問題。妳猜他們要問什麼?

戚融融揚眉。

鄭暖依舊笑著,說,他們要問一些稅務和遺產方面的問題。我當然不知道,我也沒提——那時我去旁聽的都是一些跟憲政有關的……課程,架構啊,改良啊,這些……很久以前了。

戚融融喔了一聲。

那一次見面彷彿讓他們在分手多年後再次取得了某種共識,同時又在他們之間設置了新的距離。

普通生活

那一整個學年，她們喜歡靠在教學大樓第二層的欄杆上看風景，因為可以看到那個男孩子自大樓前的林蔭道走進大樓。然後，他的腳步聲在她們背後拾級而上，經過二樓，往更高的樓層走上去，慢慢地，腳步聲消失。她們故意不回頭看，但是臉孔微微發燙。凌子暗戀那個男孩，而小初也承認他長得好看。她們共守著這個秘密。這件事沒有第三個人知道。那個男孩子叫作曾均，比她們高兩級，看上去高大帥氣，不管是學業，還是為人，總有很好的口碑。她們在校報上看過他的文章，看到他對這個世界的熱情，針砭時弊，像要一肩挑起重如高山的責任。

在校園的芸芸眾生之中，凌子總能準確地找到他的身影。只要他在視線範圍之內——這一點讓小初相當佩服——他常穿一件丹寧布的外套，那樣的藍色當然不是早十幾二十年大街上無處不在的那種制服藍。他的文筆也不是套路式的大鳴大放，遠大理想中帶著少年特有的敏感和細膩，非常能打動人心。她們追看他的文稿，因為他改變自己對這個世界的看法，開始關心他提到過的每一件時事。

她們的小世界因為這段單戀變得色彩斑斕，憑空生出許多驚險和快樂，前途也生出很多沒有邊際的想像。但是，也不過如此而已，整件事並沒有往前發展，她們都害羞。後來，凌子告訴小初，他已經有女朋友了——說來也奇怪，在她們這所排名數一數二的中學裡，中學時代的愛情並沒有在校方的禁忌之列。空氣中若有若無的甜蜜，代替了前輩學長也許經歷過的各種鏗鏘有力的口號。孩子們中間那些流行小說來自南方，經典的文學作品則來自各個時代和不同的國度。也許年輕的她們不過是囫圇地吞下了一些生澀的文字，但世界卻因此開了一扇窗——在那樣的年紀，那些閱讀剛剛好教會年輕孩子們審視自己的細密心事。每個人的輪廓都因為朦朧的感情變得柔和委婉，沒有什麼是不可原諒的——而這段沒有開始的愛情也許根本就是那些言情小說情節的倒影。總之既然沒有往前的希望，便順其自然地放棄了——本來就沒什麼，但她們卻覺得有點大義凜然，好像拱手送出了什麼。

那個學年結束的時候，她們靠著教學樓走廊的欄杆遠眺蔚藍天空和白雲，凌子悵然但是認真地說，總是有別的機會的。小初點頭表示同意。那時，她們都心高氣傲，覺得不管怎麼樣，未來路上有的是好風景——不光是愛情，她們同時當然做著各種絢爛的改變世界的夢，那些為理想而做的夢中，她們都有一種忘我的精神。那時，她們生活在一個江南的城市，覺得家鄉是最好的地方，那山水畫裡的風景就在她們的周圍——風景是永恆的，時間站在她們這一邊。這確鑿無疑的事實替她們羅曼蒂克的少年夢境締造了完美的背景——周圍有各種值得愛的大大小小的目標，這讓人覺得充實，因為不管是誰，總是要愛一些什麼的吧。

十五年之後，她們漸漸將那些少年心思丟在了身後，因為她們在一個更為南方更為忙碌的城市生活。那裡有不一樣的風景，可以很清楚的看到一座現代都市不間斷營造的結果。高樓已經拔地而起，到處充盈著熱情洋溢的物質生活，和無傷大雅的後物質時代的小惆悵。而這樣的現代都市似乎正變成一股潮流，她們彷彿是乘風而行，停不下來，也不想停下來。

關於她們少年時的故鄉，她們當然記得另外一些細節。這一部分也有關物質生活，比如當年那個城市最好的品牌是當地的百年老店，比如都錦生、張小泉這樣的老字號；然後出現的最好品牌是Espirit，不過很快就退居二線變成稍具親和力的大衆化連鎖店，接著在另一波品牌的浪潮席捲而來之時悄然消失了。不知不覺這城市已經突然間充斥了另一些所謂的一線名牌專賣店，而名車店就設在美術學院的隔壁，人們開始將那些字母拼成的名字說得朗朗上口，彷彿關乎生活的態度……沒人可以拒絕這樣的改變，誰都想生活在一個美好的時代裡，誰都希望時光可以像一匹光滑的綢緞，臉頰貼上去，便感覺得到它緩緩流過的華麗和溫暖——也許可以先用些漂亮的東西來妝點，但是要把這樣的旖旎抓在手裡，也並非是容易的事。她們所能做的也不過是努力地生活，細心地安排並且計較著工作，買房，以及適婚異性的條件這類頗為實際的問題——殊途同歸，凌子覺得用這個詞來形容自己的時代再貼切不過——這樣努力，這樣興致勃勃難道不是為了這樣的結果——在同一個世界裡過一樣的美好生活。因此，即便離開了家鄉，她們也不覺得惆悵，因為隨時可以回去，而眼下生活的地方當然可以代表另外一個故鄉。

少年時曾有過很多的夢想，但到了後來，覺得腳踏實地走在路上不單是世俗平常，也安全得多——彷彿是大多數人生活進程中要漸漸接受得了一個事實，因此她們也覺得安之若素。周圍的人來來去去，小凌跟小初卻一直保持著很近的距離，她們一直知道對方與誰約會，後來出席過彼此的婚禮，兩家的孩子也互相認識——這也許是得益於她們所處行業相同的關係——都是做金融的，整日與大筆的數目字打交道，口氣很容易變得很大。難得她們在一起時既可以消化這種意氣風發，又能偶爾借個肩膀傷春悲秋，緬懷少年時多愁善感的自己。

偶爾想到少年事，凌子想到那個曾經暗戀過的少年。當時覺得他如此優秀，不由有點好奇，不知他變成了怎樣的一個人。小初居然知道他的近況，社交媒體剛剛熱鬧起來，正好把遙遠的過去納入新的生活軌跡。原來他也在南方，在距離他們很近的另一個南方都市。然後，小初寥寥數語說明——曾姓少年如今在做新聞，辦報紙，當然也是春風得意。一支文筆還是可以打動許多人，可以用影響力來形容——聽說那些動人的文字會讓人欣喜地淚流滿面。凌子咦了一聲，也有些欣喜，覺得自己沒有看錯人，甚至有點驕傲。

小初笑著說，他們的報業集團也許會上市。到時候，也許就會在同一張會議桌前碰頭也說不定。然後，她卻遲疑問凌子，道，那麼，我們呢？算不算是普通人了。一面說，一面有些氣短，彷彿覺得自己的口氣裡不懷好意，似乎做普通人是不應該的。她們倆似乎都被這發現嚇了一跳。凌子只好顧左右而言他，說，那麼我們等他的公司來這裡上市吧。

那一天是週四，從辦公室出來約在城中有名酒店的高層酒吧喝一杯，背景音樂若有若無，像無名無姓者的音樂，配合著無風無浪的生活。

然而，那傳說中的上市並沒有發生。好像改變主意了一樣，在某一年，他和他的文章在人們的視野裡消失了。

小初覺得遺憾，說，差一點點，我們銀行甚至有意願要開始做盡職調查，可惜事與願違——而且這個行業我們不了解。

凌子也覺得可惜，不過在那個時候，她的世界的容量好像已經滿溢。對於資本市場以外的世界，她已經沒有時間，也不再了解。甚至那些傳說中讓人淚流滿面的文字她也還沒有看過——她面對著工作上那一串串龐大如整個宇宙的數字，忍不住想，這一切到底是結束了，還是才開始。也只有跟小初，她還偶爾用少年時強賦愁的腔調，問，我們的時光都賦予了誰？

小初說，賦予了物質生活。一面說，一面將手中新購的手提包晃了晃。她們一起笑成一團，好像全無心肝，可是無法否認，心中有絲淡淡的酸楚，倔強地不肯退卻，逼著她們只好不顧一切向前，裝作沒有看見。

然後，又是一個十五年。時間怎麼可以過得這樣快。

從來沒有想到過，這個世界還有這樣的一天。

凌子跟小初在午後去爬山，在山頂的山道靠著欄杆俯瞰這個城市，一時不知道說什麼才好。她們自己戴著口罩，從她們身後走過的路人也一樣。誰會想到戴口罩這種事會變成這樣的常態，遠遠超過一年。她們同時想起自己少年時在教學樓走廊裡俯身在欄杆上往樓下看的姿勢——說不清有什麼不一樣——那時的校園風景優美，林蔭道上樹冠濃蔭如蓋，花園裡一彎小橋，一汪小池，柳枝貼著水面微拂而過，好像還有幾樹桃花，應季的時候就格外招搖，操場上總是有人在踢球——有時他也人在其中……後來，他們都長大了，把那滿是春風搖曳的校園留在了身後。

眼前腳下的城市如同一座高樓的森林，此起彼伏，要說是奇蹟也毫不過分。小初忽然問，他那一支筆，如果還能動，不知道會怎樣寫這樣的一年。——他那一支筆……

凌子知道問句中的「他」指的是誰，她淡淡地回答，道，他不會寫了。語氣中的冷漠讓她自己也覺得吃驚。

小初詫異，問，難道妳還聽說了什麼？

凌子欲言又止，心中畢竟不忍這樣撇清，忙解釋道，做他那行，愈有才華，愈不容易。碰壁是難免的，碰得頭破血流的也不是沒有——我的意思是他也許早改行了。

小初看了她一眼，呆了一呆，最後還是笑了笑，道，只有我們沒有改行。語氣卻意興闌珊，這一向她喜歡用自嘲的口氣，說，這一個月有三個上市項目，忙得不可開交，資本繼續運作，我們繼續物質的生活。

凌子想一想，說，一九一八年也有一場席捲全球的西班牙流感，妳說那個時候與我們現在同歲的那些人，在後面的幾年是不是很快把那一場瘟疫忘記了？

小初詫異，問，為什麼問的是「與我們同歲的那些人」？

凌子聳聳肩，說，我只是好奇，在這個年紀，如果經歷了巨大失望，還有沒有機會重拾希望。

小初將視線留在山下的城市，輕描淡寫地說，對於普通人來說，有沒有希望，生活總歸要繼續的。百年前如此，百年後也一樣。

凌子心中咯噔一下。

在幾天之後，小初傳給她一則信息，底下加一句，道，他又寫了。

凌子看那條媒體新聞，原來是曾均的新書面世，書名是《未曾停下》。一則小小的新聞，用樸素的文字宣布一本書的面世，對作者並未作太多交代。但是顯然字裡行間對這次文字的回歸有太多的感慨和喜悅，像一朵花在靜夜無聲息地綻放，她不由想，有多少人會因此眼角微微的濕潤。

不過，那天刷屏的消息是一則有關房貸的新聞。

愛三角

那時，他們把愛掛在嘴邊，那些口號式的鏗鏘有力的愛讓幼小的他們熱血沸騰。那種色彩強烈用來表達愛的文字適合集體式的朗誦，深具感染力。他們還沒有意識到這樣的情感其實是上一代人的情感格式，對孩子來說，一切的體驗有種創世初的激昂，覺得一切都是嶄新的。

時光正進入八十年代，接近他童年的尾巴。孩童眼中的世界風和日麗，山河清澈，藍天上白雲朵朵歷歷可數。容易忽略的是南方邊境還有戰事這樣的事實——記憶中其實還有過幾場隆重的大會，會上所有人共享榮光般的情緒被推向高潮——那段時間前方戰線上撤退下來的戰士組成報告團，在一座座城市的一間間禮堂巡演，抑揚頓挫作回顧戰場的報告。他記得掌聲如潮時的壯觀場面，聲音經過麥克風傳出來，聲線比期待的高了好幾倍，簡直橫掃一切，然後將所有人的心跳納入同一節奏——於是拍手的節奏變得整齊劃一。他與她倆同班，他記得在禮堂中，她們坐在他後面一排，他無意間回頭，兩人當然都在鼓掌，只不過一個態度熱烈，一記一記扣著節拍；另一個像在開小差，明顯慢了半拍。他看她們拍手，自己不知不覺亂了節奏；三人相視，不知為什麼都笑起來。南方的戰事其實已經接近尾聲，在不知不覺中終於結束了。事後回想，他覺得自己那時其實什麼也不懂。

那之後不久，便進入人生中燦爛的少年時代，可周圍的世界卻驟然變得安靜，也許是因為閱讀佔去了許多時間的緣故。他突然發現市面上書的種類增多，許多幾十年前的老書再版，港臺作家的書被引進，翻譯書籍也大量湧現，書中世界原來比他熟悉的世界寬廣得多。他從那時開始注意到鳥鳴、雨聲，和自己心中一些細膩的想法。操場上踢球打球的聲響也熱鬧，但即便吶喊加油，也不是整齊劃一的聲音，少年人各有各的心事。不知道是他先注意到她們，還是她們先注意到他，沒錯就是那兩個女孩，她們總是一起出現在球場看球的人群中。一位專心看球，熱心地做個好觀眾，那是小季；另一位則總是拿了本小說的是蔓蔓。他有些心虛，總覺得自己的球藝不如書本可觀。每每小季喝彩，蔓蔓依舊低頭看書，他便覺得有種挫折感；有一次進球，他一回頭，卻正與蔓蔓四目相對。

他是跟蔓蔓先開始交往的，其實才多說了兩句話，就被嗅覺敏感的同學瞧出端倪，兩人馬上被推舉成為學校裡公認的一對璧人。在那兩年各種愛情小說的浸潤下，誰都有些羅曼蒂克的念頭，而他倆符合大家對於愛情的想像。他與蔓蔓好像自己也願意這樣相信，順水推舟，走到了一起，不過加上小季剛好，大家都不尷尬。那是他們的八十年代，熱鬧不嫌人多，一起聽港臺的流行曲；看配音的美國肥皂劇；校園裡流行武俠、言情小說；各種錄像帶四處流傳，每個人都打算要惡補好萊塢三十年代以來的經典；電視廣告裡出現清純可愛的少年，那是他們自己。

他父母也略有耳聞，遲疑了幾個月要不要過問，但等到期末考試結果出來就打消了興師問罪的念頭。他父母都是大學老師，見過大學校園內幾場不甚順利的戀愛，對年輕人的感情抱著些同情的態度。他鬆口氣，覺得幸運，他人生中的一切看來都還順風順水，全無阻力。有天放學時間，他母親在陽臺看到他們三人騎自行車回來，三輛車在路邊靠著，他們也不下車，腳沾著地，搖搖晃晃坐在車墊上，一味聊著天，擋了別人的道也不自知。她便揚手招呼他們上樓，將零食和水果擺在桌上，由著他們在客廳繼續說話。他們吃了好些小蜜橘，留下一屋子清新苦澀的味道。晚上吃飯的時候，他母親不經意提起，對他父親說，原來是江老師家和李老師家的孩子。

他父親記不清江老師家的孩子，不過對蔓蔓有印象，說，李老師夫婦都去了美國，還沒回來吧？他們只有一個女兒，好像叫李蔓蔓。然後醒悟，像說漏了嘴，看了他一眼，喔了一聲，說，就是這個蔓蔓啊？

他母親一面給他夾菜，一面說，蔓蔓有沒有跟妳提過？她遲早也要出國的吧？

蔓蔓沒有跟他提過出國的事。她跟外公外婆住，老人不十分管她，她也習慣我行我素。他去找她，她的房間堆了些書，書都是他熟悉的，還有一些從香港帶過來的時尚雜誌。他翻看了一下，覺得裡邊的年輕人穿得的確好看，風格隨心所欲——可是他心不在焉，覺得自己站在一大堆未知之前。他裝作不經意地問，蔓蔓妳有出國的打算？

蔓蔓想了想，輕描淡寫地說，你也會的，我們都會。

可是他覺得她在敷衍，並且覺得受傷。蔓蔓感覺到了，可是不願解釋。小季也感覺到那微妙的嫌隙，不過不知道從何說起。

一開始的時候，他們曾經一起去滑冰，蔓蔓站在滑冰場的外面，手扶欄杆，看場內的他教小季，是她自己要求他教小季的。雖然是新手，但小季的姿勢很美麗，兩個人手拖手，在她面前一圈又一圈地滑過去。經過她面前的時候，他們都朝她同時露出微笑，有種奇異的默契。她自己也向他們展露笑容，但是心裡忽然充滿了惶恐，但她不能停止微笑，因為隱隱已經知道他們之間或者會出現的格局，她在外面，他們在裡面。那個時候的旱冰場其實很簡陋，但是場內的歡樂太華麗，當時她覺得那華麗的光芒使得周圍別的一切黯然失色。她彷彿是那被光影吸引的飛蛾，生怕錯過了絢爛的火花，於是捨身先飛入到那光圈之中，可是沒有等到預期的燃燒，她就後退了。

在旁人看來這是一個簡單的負心故事。先是他和她，那幾乎是整個中學時代的歷史，然後在最後一年，他愛上另一個女孩子，偏偏三個人又都是極好的朋友。蔓蔓在中學最後一年出國，他與小季在大學畢業後結婚，他們一口咬定自己的故事平淡，沒有任何傳奇的成分。

不過時代充滿了傳奇和變化。歷史一頁頁翻過去，物質生活堆砌的速度超過任何人的想像。

他所在的公司二〇一〇年在紐約上市，這是他成年後人生中的大事。他想起蔓蔓當年說過的話，她說他們都會走出去的。原來她說得沒有錯。此時的他當然意氣風發，他終於覺得世界哪裡都是一樣的，沒有做選擇的需要，小時候的那些執著太幼稚天真。

可是再過十年，他沒有想到的是公司卻要準備從美國下市，這不是個人意志可以左右的。作出決定前，傳統媒體和社交媒體已經喧囂多時，為公司的決定作了許多的鋪陳，總之這是集體的決定。這讓他想起多年前在學校禮堂裡的那些集會，對於高音喇叭宣布的一切，他們只有拼命地鼓掌。資本市場太熱鬧，他如同當年站在滑冰場外的她，也覺得那華麗的光芒使得周圍別的一切黯然失色，他也被那光影深深吸引，生怕錯過了絢爛的時刻。飛入到那光圈之中當然是不二的選擇，可是舞臺的燈光瞬間已經改變，他們只能後退。

到這時，他想對蔓蔓說，始終還是有選擇，難道不是嗎？不過少年時代一別，他們就再沒見過。

他與小季倒是一直相濡以沫。

大黃鴨

年輕人把音箱調好，對著麥克風試音，三，二，一，好了，然後抱起電子吉他開始唱起來。這是在香港的尖沙咀天星碼頭，人來人往，大多數人看上去不是一般地忙碌，不過總有閒人。他開始準備的時候，就已經圍了一小圈人，靜靜地等他開口，試音時候他講英文，Check three, Check Two, Check one, 聽上去很專業。唱的時候，大家才恍然大悟，他是內地人，慢搖滾，有點頹唐滄桑，埋頭在他的音樂裡，頭髮長長的，遮住了大半張臉。偶爾抬頭，露出一點笑，笑容有點調皮，裡邊沒有沉重的東西，倒是有幾分陽光，然後又埋頭唱他那陰鬱的歌曲，原來這是演戲。

圍著的圈子不大，不過也還總是有人，琴盒裡也有一點現金，慢慢地慢慢地多一點。碼頭另一邊，架了些架子，貼了一些宣傳招貼畫，大概長年長有，沒有多少圍觀的人。有一個賣書報的小攤，攤上除了雜誌，還放了一大堆黃燦燦的橡皮鴨子。他唱歌偶爾抬頭的時候，眼前就有一道黃色一晃而過。

唱了幾首歌，他停下來調音，圍觀的人等了一會兒，不見動靜，便逐漸散了，他不急著再開始，只是閒閒地低頭撥弄手裡的吉他。這時，有個聲音在他後面問，鴨子呢？那隻鴨子哪裡去了。

他不知道問的是不是他，所以懶懶地沒有回頭也沒有開口。但那個聲音又響了幾個分貝，似乎湊近了，就在他耳邊，道，鴨子去了哪裡？鴨子怎麼不見了？

他這才有反應，回頭一看，是個背著個大包的女孩子，氣喘吁吁的，一額頭的汗，鼻尖淡淡地有一點雀斑，眼神充滿詫異而讓眼睛看上去彷彿奇異地大。

鴨子啊？他開口反問，雖然很清除楚她在問什麼，然後指指她身後泊船的港口。

女孩子迅速轉過頭去，但馬上回頭盯住他，好像全是他的錯，她固執地問，哪裡有鴨子？

背後的港灣中，一艘駁船正靠岸而泊。船上的工人正用吊車忙碌著從水中往船上拖著什麼，彷彿是一張巨大的黃色塑料布，但是怎麼樣也不能被妥善地收起來，所以許多工人前後左右地張羅著，不知道要折騰到什麼時候。

那個？女孩子睜大驚訝的眼睛，用不能置信的失望口氣道，這就是那隻有名的大鴨子？

本來是的。他回答她，昨天還浮在那裡，今天早上就累到不行了，慢慢慢慢地癟下去，後來就像現在這樣了……也許明天就又胖回去了。那麼大個子的鴨子不分日夜站在那邊，應該是很累的一件事吧——支持不住了。

明天？女孩子很失望，說，明天我就走了。一面跟他點頭算是謝謝，一面走到水邊上，扒著欄杆看那邊水上的動靜。

男孩子在後面看她，撥了幾個音符，卻不打算唱了。把吉他放進琴盒，站起來走到另一端的書報攤買了一隻橡皮黃鴨子，走回來，走到女孩子身後。

她回頭的時候，他把鴨子遞給她，說，諾，帶個小的回去吧。

她笑了，卻不接，說，已經有好幾隻這樣的鴨子，就想看看這隻大的。真的有那麼大嗎？是充氣的麼？……真不能想像這邊浮了一隻六層樓那麼高的鴨子是什麼樣的。

我在這邊好幾天了，天天看，也沒有什麼大驚奇呀。他安慰她，然後還是把手中那隻橡皮鴨子塞給她。

她接過來，笑了笑，捏了一下，鴨子嘎嘎叫了兩聲。

嗯。他猶豫一下，問，回哪裡去呢？

什麼？

你不是說明天就走嗎？

是，回成都。

他眼睛一亮，說，我也住在成都。

哦？女孩子看他一眼，眼神彷彿望過來，像徐徐和風吹過來，她微笑的時候，說，成都沒有海。

可不是嗎？他回答，不過，有鴨子。

她捏了一下手中的鴨子，鴨子也像是贊同一般，又叫了兩聲。她點了點頭，也說，加上這隻。

只是沒有那麼大而已。他說。

這次，她回答，那有什麼關係。

天真

他們到香港的時候是夏天，離開的時候也是夏天。時光剛好走過兩年。整理行李的時候他們都沒有說話，打開通往小陽臺的門，空氣有點潮濕悶熱，隱約有知了在叫，但真是世聲鼎沸，陽臺下面就是中環通往半山的行人自動扶梯。他先走出去，然後她也走出去，站在他身邊，遲疑一下，手環住他的腰，靠在他肩上，問，捨不得嗎？他說，捨不得的是你。但是我們一起來，一起走，我沒有……覺得有什麼不好。

她嘆口氣說，結果也沒有回家。終於想在這裡安家，卻又不成功。

他說，我覺得這次我們是回家去了。她想了想，答應了一聲。

晚上宴客。客人進門看見玄關那盞水晶燈還沒摘下來，就開玩笑說，這個帶不走了就送給我。等進了門，看見屋子裡的東西大半還沒有整理，短短一年在這個城市和左近地區搜羅倆的古玩，裝飾滿當當攤了一屋子，就說，了不得了，這些全是我的了。他們只是含笑。客人問，搬家公司什麼時候來？他們相視一笑，說，還沒有找妥當，應該這兩天定下來，就來打包裝箱了，然後全運回紐約。

客人驚訝地問，怎麼公司連這點事也安排不妥？

他們回答並沒有公司安排回程搬家，他們也不是因為公司外派才來到這個城市的。客人倒詫異了，社交圈子裡的人全都是大小外國公司外派到亞太的員工，所以想當然以為他們倆也這樣。倒沒想到他們有這份閒心，客居一個城市這麼些日子，不知道以什麼為生，但簡直神仙眷屬一般。喝了一點餐前酒，坐下來正經聊幾句，便都感嘆，好像彼此才剛開始要深知，就轉眼要說再見了。過去的那些交往，回想起來好像蜻蜓點水一般，怎麼沒有能夠更深一點地了解彼此呢？但是已經遲了一步。站在那個小陽臺上，市聲喧囂，樓下是一個酒吧，正是熱鬧的鐘點。樓上的人倒一時沉默了。但沉默也只有幾秒鐘，隨即，大家總是又想起新的話題。

他們自己下廚宴客，沙拉早就拌好，胡蘿蔔濃湯也只要端出來。主菜是橙汁燴雞，荽莩點綴著，都簡單美味。客人終於問，為什麼來香港。雖然這個問題好像顯得有點遲到太多。

他讓她回答，她想一想說，自己是孤兒，從小被美國家庭收養。一直沒有去過自己的出生地韓國，頂多吃過紐約34街的韓國菜。心中一直耿耿於懷，所以，他陪她來了，想先到香港，然後再去韓國——看一看。

然而，他接下去說，她在香港住下來，卻改變了主意，不想回韓國去了。

他們倆說得娓娓動聽，波瀾不驚，客人卻聽得有點驚濤駭浪的味道，一時回不過神來。歷史之境顯得撲朔迷離，他們這簡單的交代背後不知有多少戰火紛飛和普通人的無奈離散。到了他們這裡，難道就這樣撒手全一筆勾消了？

他們則繼續輕描淡寫地繼續講下去，說，他們當然是喜歡香港，不想離開，因而也動過開設英文補習學校的念頭。但是因為他們入境用的是旅遊簽證，如今轉工作簽證的手續已經變得意想不到地繁瑣，嘗試了好一陣子，終於還是放棄了。

他說，看來，自由還是有個限度的。

她正端甜點回來，聽到他這麼說，彎腰親他，說，跟你在一起，我沒有覺得有這個限度過。

她回廚房去拿盤子，他像對客人，也像對自己說，她一直這樣，就是有點天真。

幾週之後，他們回到紐約。過一年，那次宴客的客人路過紐約去看他們，他們有了一個小女孩，胖胖的小嬰孩剛剛幾個月大，睡在嬰兒車裡。他們在餐館小聚，嬰兒有點不耐煩，她彎腰跟她說，別急，別急，一會兒就回家了。

他們總算是回家了。

家史

她走出機場，迎面感覺到熱浪。來接她的司機幫她把行李放進車子的尾箱，回頭看見她心皺著眉頭抹額角的汗，就說，香港的夏天遠遠還沒有結束呢。

她接口說，我知道。

司機於是問，高小姐來過香港？

她略一想，搖頭回答，沒有。

車子開上高速公路，平穩地滑入快車道，左右的車流彷彿抱著要絕塵而去的決心，全部貫徹著一種低吼喧囂的姿態。她用一種世界為之凝固的專心看窗外的景色。

車窗外的青山緊接高樓，城市的序幕一早便展開了，一發而不可收拾；如果在高空俯瞰，就必定會看到所謂城市版圖的大片樓群了。

窗外掠過的樓群彷彿帶著動態，洶湧而來，澎湃地退卻。車裡的冷氣吹在臉上，然後一點點浸透皮膚上滯留的餘熱。她閉上眼睛，覺得一臉冰涼；睜開眼睛，便又看見烈日下，滾滾奔跑的城市。

其實，奔跑的是她自己。這樣的想法自胸中升起，她的心反而徐徐安靜。一切都是從這裡開始，但是，不知道在哪裡才能夠結束。

說從這裡開始，其實相當貼切。

她從小，就聽見父母跟別人半開玩笑地說，寶寶是香港製造呢。

那是一九七二年，她母親到香港，遇見她父親，然後，就有了她。她出生的時候，一家人已經到了美國。給她取名就叫作高寶寶。兄弟姐妹中，她最小，所以為人之初的那段歲月，風調雨順。

小時候，她問母親，為什麼要去香港呢？

母親笑笑，好像什麼也記不清了似地沒有回答。總是打扮得一絲不苟的母親，微笑的時候彷彿有左右別人意志的能力。

況且年幼的她，並不懂得刨根問底，換一個問題接著提問也是一樣。她於是問，那香港到底是怎樣的一個地方？

母親想一想，說，熱。非常熱。而且聽不懂廣東話，真是到了一個陌生地方，人生地不熟。

那怎麼辦？

母親笑笑，照舊沒有回答，但是分明帶著一種勝利者的姿態，看上去真是撲朔迷離。

那怎麼辦？她催問。

沒有怎麼辦，別人讓你留下來，就學廣東話唄。

還有呢？她接著問。

母親再想一想，說，對了，那年，剛好是李小龍過世。

你有沒有去參加他的紀念會之類的活動？

母親一愣，說，我又不是他的影迷。但報紙上倒盡是關於他的消息。

寫的是什麼？

記不清了。

那還記得什麼？

嗯，還有啊……山道上開了很多花，紅色的，多得不得了，稠稠密密，天氣真是極熱。這花偏又開得又熱又繁華……沒有盡頭……真的沒有一個盡頭……

她記得母親說「沒有盡頭」的時候，語氣裡有一些特別的東西，使得她停止往嘴巴裡塞冰淇淋，心中突然變得空落落的。那種空，與當時屋外，加利福尼亞州萬丈藍天的那種空曠不一樣，並不海闊天空，而是空得讓她覺得向反方向生生地墮下去。是手邊即將溶化的冰淇淋阻止了她的這種下墜，讓她忙不迭地把香軟冰滑的甜點塞進嘴裡去，便彷彿又回到人世間來。

那時，她還很小，小得還非常適合寶寶這樣的名字，所以對這些語言後面的人情世故並不介意，轉眼就拋在了腦後。

然後，時間一晃就過去了。不要說一九七二年，就連問那樣問題的年紀也一去不復返了。

初次踏足這個城市，她才發覺自己這段與香港的淵源其實薄若微塵，與所有的外來人一樣，沒有什麼分別。

倒是母親重又推心置腹地跟她提起那年香港的事。

母親用一種假使再維持沉默，熔岩就要爆發的姿態開口，說，那真是一場戰役。

啊？什麼？

就是當年去香港……母親的話其實含糊不清，可是語氣漸漸有點凌厲，好像她話中的那個世界硝煙彌漫，稍一大意，就鮮血淋漓。高寶寶有些驚訝地看著母親，像重新認識了她一樣，第一次意識到原來她的母親從來沒有忘記過去。如果那真的像她所說的那樣，是一場戰役，那些為戰爭流的血想必已經在她的城池之下匯成不為人知的暗河流，在寂靜的時刻，汩汩自心房洞穿而過，而流出來的血永遠是冷的。所以，在後來的歲月裡，要想真正溫暖起來，要花無數倍的努力才做到——也許這是她從來不提往事的原因，這一次也不例外，啟了個頭，還是不把往事說清楚，彷彿那點小小的發泄已經足夠，話題又就此打住。

不過，這番補遺似的說白，勾起高寶寶對一九七二年那個盛夏的興趣，她猜想那是一場兩個女子間的戰役，還能有什麼呢？——在這太平的世界中，讓人心意難平的無非是感情，不是嗎？

只是母親這番話讓她疑心歷史重新走了一遍——除了她自己，沒有人知道她接受這份工作來到一個全新的城市，其實是想要來挽回一段感情。

這也算是她的老家，城裡當然也有幾個親戚。親友相聚難免說起往事，聽到的話出乎她的意外，他們跟她說，你的母親是游水到香港來的。

游水？高寶寶詫異。

那是不是一九七二年？一個叔父輩的長者一面向別的親戚印證年份，一面說，那些年有許多人從廣東偷渡來港，叫作逃港。妳母親是從深圳河游過來的的，先到廣東，然後計劃，闖過來的，算是再世為人……

高寶寶震驚之餘，問，為什麼要逃港。

老叔父輕咳一聲，道，沒有原因，誰會不顧性命做這樣的事——聽說，跟妳母親一起上路的是她當時的男友——那男孩子沒有成功，或者說他把活下去的機會讓給了妳母親——她沒跟妳說過這些事吧？……也難怪，這樣的傷心事誰願意掛在嘴上……

也許是為了安慰她，老叔父說，都過去了，那樣的年月都過去了。過去的事，不說也罷……幸好在那一年，她遇見了妳父親，這麼些年，日子還好事平平順順。

對於高寶寶來說，那一頓聚餐結束，她走在香港的街道上，覺得整個世界的樣貌變得不一樣。她顧不上低徊自己的那些煩惱，走在街道上，兩邊的高樓如高山層層疊疊屹立著，連綿不斷，如同訴說不盡的故事。

MUJI

他第一次碰見她是在MUJI外面，MUJI——無印良品——所有產品不貼品牌標簽，服裝、文具、家具、生活用品全部標榜簡約時尚。他進去走了一圈，什麼也沒買，正暗自得意——購物而什麼也不買東西才是真正的簡約——走出來的時候看見一個女孩子直勾勾地看著自己，她長得相當過得去，那眼神倒也不嚇人。他摸摸頭，回頭看一下，後面沒有別人，沒錯，她看的正是自己。這次輪到他打量她，但是她的表情已經恢復了正常，臉上帶著認錯人的歉意，跟他擦身而過，消失在一堆簡約的商品中間。他又回頭看看她的背影，倒有些悵然若失——很好的艷遇的開始，可惜沒了下文。真實生活中，大家大多還是內斂得很——他猜想自己長得像她認識的人，大半是分手的前男友——又回頭看看，已經看不見人影，像黃粱一夢，什麼痕跡也沒有留下。——他只記得她的穿著打扮相當MUJI——這樣快的錯身之間，居然已經留意到她的服飾，而且留下深刻印象，這點他自己都覺得意外。

那段時間他在休息，剛辭職，因為工作性質的關係，不能馬上開始另一份工作，原則上需要幾個月的假期過渡。其實也不真的涉及什麼機密，只是行內常規而已，免得新舊工作混淆不清。一下子閒下來，他極度無所事事，出去旅遊，又回來，再出去，再回來。在這個城市裡像一個多餘的人一樣閒逛——別人都忙得人仰馬翻，沒空理他。而這城市也沒什麼新鮮事，街上行人也大都正正經經打扮好了，有板有眼地過著無甚差錯的都市生活，保持合理的禮貌，也都沒空過度生氣——總之只有這件事頗算有趣——所以過了一個月也沒有將那個女孩子忘掉，並且偶爾覺得好奇。

一個月之後，那個女孩子又出現了。他在城市的另一邊，在一家比薩店，點了一份巨無霸的比薩，然後就看見女孩子在門外彷彿飄一樣地走過，一身

MUJI的打扮。他已經悶壞了，想也沒想就衝出去，到了門口對著她的背影卻又猛地煞車停步，因為突然意識到不知道說什麼好。正悻悻地打算回去，女孩子轉身過來，看見是他，也嚇一跳，說，怎麼是你？——可見也記得他。

他心情出奇好，反問，哪個你？幾天前的，還是以前的？

她似乎聽懂了他的話，不過抿著嘴笑而不答。

結果那天他們一起吃了他那份巨大的比薩餅，然後開始交往。

幾週後，他開始新工作，重新忙得翻天覆地，慶幸在休假間隙開始的這段感情，要不然真的沒有時間和空間。

他仍舊好奇，不只一次追問自己到底像誰，讓她這樣驚訝。她不回答，被問急了，就笑著推說，是我花癡好不好？看見略長得帥的男士，眼睛就發直了。

恭維話他也愛聽，只是不相信是實話，但是覺得也無甚大礙，她不說就由她去。

他沒有料到那也算是實話，那天她看見他一副無事一身輕的樣子，簡直不像這個城市的人，不由一時出神，僅此而已。無印良品——那天的他就像最佳的產品代言人，全身上下，沒有這城市格式生活的印記——也許這只是曇花一現的假象，不過生活有時靠一點假象才興高采烈維持下去——重點是我們不介意。

辦公室到酒店的距離

小歡走出辦公大樓，將外套拎在手裡，另一隻手晃著她的手提袋，頭髮綁在腦後面。她自己可能沒有覺察，但是這姿態非常像她大學畢業，第一份工作面試之後，心情輕鬆的樣子。那時，她不太在乎面試的結果，然後卻一腳踏了進來，穿上職業套裝，以為自己最神氣不過。最初以為只是試試看，大不了再回學校唸書去，然而從此便停不下來，也不能回頭了。

現在，小歡打量四周，難得有這樣的閒功夫。出差在外，她正要回酒店，於是打算走回去。這時，她回頭，仰起臉，看身後的玻璃牆大廈，辦公樓像個透明的盒子，因為燈光而晶瑩剔透。說是透明，但也看不到裡面的人在做什麼，也許很多人因為好奇想走到類似這樣的玻璃盒子裡去吧，但是小歡站在這個盒子的外面，覺得自己腳踏實地站在一個真實的世界上，她不必要高瞻遠矚什麼，只是站在平地上，讓她有一種沒有額外負擔的輕鬆。小販們在夜色的路邊擺出明顯是違規的小攤，一張塑料布鋪在地上，就是熱鬧的交易，什麼都有，長毛玩具，各式各樣各種顏色的刷子，電池，甚至有鞋墊和卡通圖案的手巾，遠遠有兩個穿著說不清是哪一種警察制服的年輕男子站著說話，一面朝這邊看，但似乎並不打算採取任何行動。有幾個小販偶爾擔心地朝他們看，但是也沒有想要做什麼應對措施，於是在行人的注視以及絡繹經過的車輛的燈光下，最後還是彼此相安無事。

小歡喜歡這裡的一點市井之氣，有時覺得自己被困在在高高的玻璃盒子裡往下看，漸漸忘記了逛街的樂趣，一分一毫的簡單交易，沒有太多繁複的數字計算，背後對生活的仔細算計，讓人覺得生活是有溫度的，像曬了陽光以後的一張暖被子。這是小歡的想法。有人看著小歡走過，踩著高跟鞋，挽著亮亮的漆皮手袋，把那作為生活的目標，也不一定。有個學生模樣的女孩子，在地上鋪了一張寫滿字的紙，然後開始彈吉他，一面唱歌。小歡停下來看她，聽歌。老實說，歌聲真的不怎麼樣，但是有直直瀏海，戴黑框眼鏡的女孩子，唱得很認真，應該是某首正流行的曲子吧。地上的紙上端端正正寫著她在這兒唱歌的原因，讀藝術學校而家庭環境並不怎麼樣的女孩子需要為自己募集學費。小歡很想問她究竟是唸哪一科的，是繪畫，還是設計，但總之唸藝術是一樁花錢的事。她不由自主想起自己申請大學的時候，左想右想放棄了建築，那時候恐怕真的沒有將自己的藝術才能放在考慮範圍之內。她在錢包裡掏出一張紙幣放在女孩子的琴盒裡。

女孩子停下來的時候，點頭致謝。有一個看上去閒得發慌的中年人像突然從地底冒出來一樣，清了清嗓子，像憋了許久的好奇，突然開口，問，你這樣唱一個晚上可以賺多少錢。

聲如洪鐘的聲音讓女孩子和小歡都吃了一驚。女孩子花兩秒鐘，想一想，然後回答，說，不算多，況且要看情形。

中年人像鬆了一口氣，自言自語，道，就是，我看這也不是真的可以賺錢的事。

女孩子有點虛弱地辯解道，本來也不全是為了錢。

中年人搖搖頭，又點點頭，不知道是讚許還是否定。

女孩子像熟悉了這類突如其來的問題，作低頭沉思狀，像在醞釀什麼，然後又撥動琴弦，開始唱另一首歌。小歡最後還是沒有開口相問，轉身往飯店方向走。聽到背後那個中年人又開口，那是為了什麼？聲音淹沒在了歌聲裡。

路上漸漸安靜，路燈穿過兩邊的樹叢，在地上投下沉沉疊疊的樹葉影子，小販的蹤跡消失了，轉彎就是酒店的側門。小歡於是走進另一幢玻璃大樓，她忽然覺得從辦公室到酒店的距離過分短了一些。

愛馬仕

溫承基接到同事的電話，艾米歡快地對他說，東西拿到了，你過來取吧。溫承基道了謝，隨口問，怎麼那麼久？他抬起頭看窗外，窗外正是一片熱辣辣的盛暑陽光。他記得當初托付艾米的時候，夏天還沒有完全到，他穿著一套Hugo Boss的舊西裝，知道背上有點皺，但是絲毫也不在意，走在中環樓與樓之間的時候接到他姐姐的電話。姐姐在那端頗為焦慮地說，你要幫我這個忙，這邊實在買不到愛馬仕的柏金包，你在香港，能幫我想辦法嗎？

他把手機貼在耳朵上，覺得這個請求過於突兀，簡直不像從姐姐口中聽到的。他反問，Birkin嗎？你要那個做什麼？買不到嗎？好像在這兒的巴黎站、米蘭站那樣的小店擺了很多。

不要從那樣的小店買！姐姐一口回絕，她說，我要從愛馬仕原店買的原裝正貨。

好吧，我試試看。溫承基還是覺得詫異，追問，怎麼想到買這個？

不知道。姐姐說，就是特別想，反正也不是買不起。

溫承基收線的時候，差點撞到迎面走來的穿套裝的女士，她挎一個黑色Birkin。溫承基忍不住回頭對那包多看了一眼，沒有看出有什麼特別，只是不明白為什麼口袋敞開著，沒有關攏。後來，他果然去Hermes詢問，結愛馬仕圍巾，站得筆直，笑容可掬的客戶經理有禮貌地向他解釋，他沒有任何困難地準確明白了她的意思——姐姐的期望根本是一件無望而飄渺的事。結果，他想到艾米。艾米跟他在投行的同一部門共事多年，新近調去了專管私人銀行客戶的部門。艾米一口答應。不過要等一段時間，她說，因為要調動一些關係。

這時艾米聽到溫承基問怎麼那麼久，便有點不悅，說，溫承基先生，已經很快了。短短幾個月替你從Hermes直接調來，不要挑三揀四，趕快來取，要不我立馬改變主意佔為己有。

溫承基從艾米手中接過橙色的紙袋，裡面是橙色的紙盒，他問，包是什麼顏色的？

艾米說，是橙色的，標誌色嘛！然後，她的手一縮，眼珠骨碌地一轉，半開玩笑，半神秘地問，唉，老實交待，怎麼突然要買這個東西，不會是為了追三線小明星罷？

溫承基嚇一跳，趕忙撇清，道，說到哪裡去了，是我姐姐要買。

艾米看他神色半慍，便把袋子遞給他，拍拍他肩膀說，開玩笑呢，都知道你為人正直，走吧走吧，快給你姐姐送去。溫承基嘟噥著走了，但不知道怎麼幾天之後投行裡有了半真半假的傳言，說一向正直的溫承基要與三線小明星約會了。

溫承基聽了一笑而已，不過私下裡問艾米是不是她開玩笑傳出去的，艾米趕忙否認，說知道你不顧一切要找柏金包的也不止我一人呀。況且你自己要那個幹什麼？柏金包不是業內追女明星的硬通貨嗎？

溫承基沒好氣地說，我哪裡知道？

過兩日，傳言流入溫太太耳裡，溫太太的女朋友說，要不那是溫先生用來給你的驚喜，如果驚喜不出現，你最好要小心了。

溫太太小雲也沒好氣地說，那是給他姐姐買的。

她朋友轉轉眼珠，也不十分相信。

溫承基在心中怪姐姐給他惹麻煩，但還是擇日北上帝都的時候把巨大橙色的袋子拎到姐姐家，有點要邀功的意思。

誰知姐姐看一眼那袋子，面露難色，說，你沒看前幾天沸沸騰騰那郭美美的鬧劇？小女孩炫富攪亂了整個紅十字會。如今柏金包鬧得人盡皆知，像我這樣的公務員還是低調一點，這個包我是不想要了，實在不適合。

但姐夫消費得起呀。溫承基說。

所以，更不能要了，去攪這混水作什麼？姐姐已經下定決心，然後用商量

的口吻說，要不你拿回去，給你太太用算了。

溫承基週末回家，把已經有點皺的橙色紙袋拎了回來，小雲瞪著那紙袋像看見了十分稀奇的事物。

溫承基如此這般說明，小雲立刻撇清說，我不要。這怎麼還能帶出去用呢，這不坐實了你那如意算盤被撞破的事實了？

溫承基委屈而煩惱地想，我有什麼如意算盤呢？

德成號

群群每次到香港都想到北角那家傳說中的蛋卷店買蛋卷吃，但總是行色匆匆，不得空。偶爾去過兩次，一次關門，另一次她以為來得早，但大清晨門外已經大排長龍。她探頭張望，忙得不可開交的中年店員無暇招呼她，例行公事地說，今天沒有了，明天趕早啊。正在付款的顧客則用中肯而苦口婆心的語氣說，明天也很難買到吧。

那可以預定嗎？群群問。

店員道，三個月後再說吧！然後，忙著招呼別的客人。

群群覺得那是敷衍她，反正買他們家的蛋卷無望。隔幾條街有家著名的糖水店，但是那會兒太早，店還沒有開門，她一會兒還要回中環開會，然後下午就得回新加坡。最後，她只好在機場買了一盒半島的蛋卷聊以慰藉。

群群非常熟悉香港，她在這兒住過兩年，爾後去上海，再搬去新加坡，馬不停蹄，都是因為工作的關係。每到一個新地方，她都喜歡研究當地的小吃，特別喜歡在街頭巷尾尋找驚喜。

群群從小喜歡吃蛋卷，小時候住在杭州，天氣轉涼的時候，有人會穿街走巷，帶上工具，上門來做蛋卷。按客人要求用麵粉、雞蛋、牛奶、糖或者再加芝麻，拌好麵糊，點起一盞小爐子，用兩塊圓圓的鐵板夾了麵糊在火上烤，待烤得凝固了，乘還沒變硬，捲起來就是一枚蛋卷了。乘熱吃下去，美味令人難忘。那盞小爐還可以用來做爆米花，玉米裝在一個滾筒裡放在火上烤，過不多久蓬一聲響，就大功告成，像過節一樣熱鬧。

那是小時候的蛋卷，後來吃的都是大批量工廠製作了，有的標榜無添加，有的勝在酥脆，有的奶香味重，有的另闢蹊徑，捲了紫菜，夾了肉鬆。群群其實也不太挑剔，是蛋卷就愛吃。只是在香港住的那兩年，一直風聞那家蛋卷店的名頭，可從來沒有機會嘗試，何況工作忙碌，就失之交臂了。也不算遺憾，只是她對蛋卷店受歡迎的程度有點訝異。

這一次，她又出差到香港，有朋友找她。那是她大學畢業之後，做第一份工作時的同事。彼時在芝加哥，他們一起接受為期一個月的新丁培訓，來自世界各地子公司的年輕人聚集在一起，集訓地有酒吧，白天上完課，年輕人聚在一起喝一杯，自然說的不是關於理想的話題，但是都意氣風發的樣子，彷彿整個世界就在眼前。後來，集訓結束，大家回到原地，各自生活工作，轉眼十幾年，難得在香港又碰見；他們都是出差經過這個城市，能聚到一起，簡直稀奇。

說起來還是群群對香港最熟悉，所以都推舉她來安排相聚事宜。一行人吃吃喝喝，說這幾年別來無恙，因為相識在少年時，所以彼此之間總有一份特別的溫柔。到最後，大家意猶未盡，有人問起香港還有什麼小吃和手信。於是，群群悵然說起那歷年不可得的傳說中的蛋卷。大家一時興起，說，這有何難，明日一早起床去排隊即可。

約齊了第二天一早見，六點去排隊。清晨附近的街市才開始蠢蠢欲動，四人全部到齊，等了兩個小時居然真的買到了傳說中的蛋卷。其實時間很快地過去了，他們在清晨的城市繼續前一晚的話題，還有許多的念頭好像跟著這城市一起甦醒，生命中充滿了細小的快樂，好像回到了少年時代。

然後，他們提著蛋卷盒，找了一家茶餐廳坐下來，一面吃早餐，一面分食蛋卷。

他們看裝蛋卷的盒子，上邊寫著——德成號——幾個字。

這一年，他們在一起。

你的美麗與我無關

他第一次看見她的時候倒沒留意，連她的長相也沒看清楚，只記得聽見她在跟人聊天，說的是少女歲月的事，自然沒有引起一向忙於世俗事務的他的興趣。他的世界裡都是股票、債券、認購。第二次見面匆匆忙忙，也沒看清楚她的長相。第三次，順便一起吃飯，一桌大半是不熟的人，他到的時候已經遲了，坐下來，看見對面的她，眉眼看得清清楚，嚇了一跳。她太像一個人。他以為早忘了過去，或者只是他一直不敢回想，那混合著歉疚和憤怒的情緒一碰觸就有說不盡的煩惱。

看清眼前的她，他愣了半晌，不知道該怎麼辦，只好不著痕跡地打量。聽她說話，心中隱約傳來來自遙遠處的疼痛，而且傷口好像又被撕裂，繼續擴大。不過，很清楚，她不是那個她，如果那時候他沒有放棄，那個她也許也會變成眼前的她的樣子，健康而且正常地在這個世俗的社會裡生活——偶爾任性——也難免在成人的社會裡碰些釘子——然後日子就忽悠悠地過去了——不十全十美，但絕不痛徹心肺。

一時之間，耳邊彷彿有無數聲音在嗡嗡問他，要怎麼辦，拿她怎麼辦？然後，馬上覺得這樣的想法可笑，他們根本是兩個不相干的人，連生活圈子也不一樣。只是竟然如此這般數次偶遇，又讓他狐疑起來，想到命運這兩個詞。

她——眼前的她——是中國人，有個日本名字，因為小時候在日本待過。然後去了法國，嫁了一個法國人，她以為法國將是她一輩子的歸宿了，可生活永遠無法預測的。結果她又一個人回到亞洲來，重新走上尋找未來的路途。

大家都說她的名字靈巧可愛，叫做扣子。他無意識地摸著自己襯衫上的一顆扣子，心中無端生出一點溫暖來，這點溫暖讓他像被蜜蜂螫了一下，心臟緊緊地收縮，無法回到原先的形狀。扣子濃眉大眼跟以前的她一模一樣，笑的時候，酒窩是圓的。

過去的那個她走了與他不同的路，鬥志昂揚地進入演藝圈，好像快要紅了，也出了唱片。但是後來不知哪裡出了差錯，一切由抑鬱開始，事業一落千丈，到最後結束自己生命不過是一年的時間。他與她在同一個城市，可是在她需要他的時候，不在她的身邊。那些少年歲月的誓言竟然這樣脆弱——那段時間，他心中充滿了恨意，她的那些光芒讓他充滿了猜疑，是他不讓自己靠近她；及至所有光環消失，一切都已經太遲。

眼前的扣子在燈下娓娓而談，一個獨自創業的女子總會碰到各種各樣的難題，但她說什麼都用一種輕描淡寫的口氣，好像四兩撥千斤，而成年人當然都明白所謂背後的艱辛。她也注意到他，對他凝視的目光有些詫異，但是不動聲色，水波不驚地繼續自顧自地娓娓說下去——這年月，誰不在尋覓，可是誰都小心翼翼。她鎮靜地維持美麗的姿態，不肯再輕易錯一次。

有一瞬間，他很想跟她說，誰的人生裡面都有一些無解的問題。沒有關係，他有肩膀可以給人依靠，有耳朵願意傾聽——然後呢，或許他可以跟她一起走下去，救贖他自己。但是突然，他怯懦了，跟那時的她這般親密，也沒有能力把她拉回來，現在又有什麼資格在一個陌生人面前逞英雄？他還是選擇了沉默不語，目光轉開，埋頭喝酒。把紅色的葡萄酒倒入喉嚨，像倒入心口那個裂開的洞裡，沒有醉意，反而覺得刺痛。

然後，人群散了。

坐在計程車裡回家的時候，車裡的音樂抑揚頓挫地張揚著 James Blunt 的歌，是那首 You're Beautifu。他恍恍惚惚聽著，聽歌手唱在人群裡的一場偶遇。那張美麗的臉原來跟自己毫無關係，不過是錯肩而過。也許是因為喝了酒，他居然流下一行淚，他努力去回想她長的是什麼樣子——也想到扣子——重疊的美麗的臉——但她們跟他都沒有什麼關係——這才是扎扎實實的痛——那樣近的距離，卻那樣無助——原來你的美麗根本就與我無關——可是，卻又為什麼會疼痛——這大概就算人生百般挫折的一種吧。

他覺得自己像一隻齒輪，磕磕絆絆滾動著穿過這個城市，始終沒有找到吻合的另一半。只好獨自前行，碾過這城市堅硬的街道，骨碌碌朝著一個孤獨的方向，如同機器。

機器路過沒有接收到預設的程式，便救不了別人，也救不了自己。

高興

高興的父母出生在曼哈頓的中國城，而後搬離。高興出生在城外郊區大宅。等到高興唸大學，她父母關係緊張，她便提出搬到中國城祖父那邊住，原因冠冕堂皇，因為她就讀的紐約大學就在下城，距離中國城不遠。

祖父的公寓在五年前做過一次整修，因為孫女要搬來，老人家又整理一遍，把一些沒用的東西清理出去。說是舊物但其實年代也不算那麼久遠，老人身邊本來就沒有屬於自己童年或少年時代的紀念物，他到新大陸的時候已經步入青年時代，稍後太平洋戰爭爆發，斷了故鄉的聯繫和回去的可能。白手起家靠的是同鄉提攜，到後來那些簡單的夢想都實現了，不過人始終沒有離開華埠。也許因為年輕時候的漂泊，老人對身外物不甚留戀，添了新的，就不留舊的。住的公寓始終清清爽爽，不像老年人的寓所，這也是高興願意搬來住的原因。值得紀念的東西沒有留下多少，卻把孫女留在了身邊。

高興帶一口箱子搬進來的時候，祖父嘮叨說，不是終於搬出去了嗎？妳父母搬走的時候不知多高興——好像不接手家裡的小生意，去大公司工作就是出人頭地了，現在怎麼肯讓妳回來？老人家一面說，一面言不由衷笑呵呵的。他是打心眼裡高興——老人一直看得開，子女不願接手自己的小店，就轉手結業，安心過寓公生活。

高興說，那是父母，我從來覺得住在這裡挺好的。中國城，多有趣？……我喜歡吃中國菜，而且離學校也近，上學方便，祖父不趕我走就好。

的確，從中國城到紐約大學，坐地鐵，第三站下車。中間隔著城內最時髦的 Soho 和 Nolita，天氣好的時候，步行去學校，也花不了太多時間。

祖父再問，真不住學校宿舍？

高興說，祖父不是不收房租嗎？

就這樣，高興開始健康快樂的大學生活，有時也帶同學回家，在中國城的小館子吃一頓宵夜，在自己房間一起做功課，聊天，打遊戲，租錄影帶看電影；如果晚了，女同學也留宿，第二天一早剛好去喝粥。對於中國城外的孩子，這一切多少帶點異國的情趣，但是高興不是一個帶異國情調的女孩子，她跟所有愛穿T恤和粗布褲的大學生沒甚麼兩樣。可她也不排斥任何新的老的事物，而她周圍的一切好像都可以安然共存，讓人不由不佩服。中國城附近也漸漸開始出現標榜現代生活，以生活典範姿態出現的高檔公寓，所以住在中國城的高興也似乎變成這種現代姿態的代言。頂著城市修繕重整計劃之名，那是讓所有地產商心花怒放的日子，所有一切似乎都在和諧之中翩然起舞，時間悠然過去。這期間，她不帶男孩子回家過夜，為著尊重祖父的感受。

祖父在她大學畢業的那年安詳地離去。她父母意識到高興在他最後歲月中的份量，彷彿突然窺視到了生活的真諦，他們之間多年的戰爭，竟然偃旗息鼓，雙方決定妥協，家中的大門重新以新的姿態敞開。不過，對高興來說，已經錯過了搬回家的時機，決定在祖父的公寓裡住下去。那年，她開始工作，在美國最大的會計公司任職，正式獨立生活，彷彿比同齡人多一點生活的智慧，也有百折不撓的決心。她的父母覺得她終於完全脫離典型中國城小生意人的生活軌跡，覺得欣慰。高興並不認同父母的這種觀點，不過在同一家公司她一直做下去，每年升職，直到合夥人前那一級，像碰到一個瓶頸，她開始想自己今後到底何去何從。

高興決定辭職與朋友創業的時候，父母表示反對，但是反對的聲音像擊中水面沉入河底的小石子，沒有甚麼漣漪。新公司在中國城一隅，是一家服裝品牌，設計師是香港人，從英國中央聖馬丁藝術設計學院畢業，在大品牌的工作室工作了幾年，也開始有新的想法，她覺得他是最佳拍檔。她父母反對的理由是——好不容易走了出去，怎麼又回來，竟然把公司也設在這裡？高興含著笑，本來想解釋，但是沒有開口，涵養很好地微笑，直到兩位老人說累了，偃旗息鼓。

公司在鑄鐵結構的舊倉庫改建的漂亮老樓裡，工作強度比以往有增無減，花了三年時間打響品牌，在紐約時裝週以一鳴驚人的姿態躋身到一線品牌之列。到那時，高興的父母沒有再說什麼了。

再過一年，公司打算推出童裝，因為高興在那年冬天打算迎接一對雙胞胎。品牌在某種意義已經變成他們的家庭品牌。他們在中國城置下公寓，舊倉庫改建的開放式閣樓。起點在這裡，終點也在這裡，高興覺得完美而且幸運。

過春節的時候，高興的父母從城外的大房子到高興一家的公寓作客，一家子一起守歲。這一年，老人們回憶小時候在中國城長大的經歷，回憶中每個人都工作努力上進，籠罩在一層暖色的光環之中。看得出他們對一切都很滿意，覺得生活中的一切終於全都妥貼自然，連艱辛也是甜蜜的。

不過高興聽見父母小聲議論，覺得高興這一代幸運。父親說，他們生活在一個政治正確的時代裡了……

母親像有點擔心滿則溢，遲疑問，時代真會這麼一直好下去嗎？

父親笑一笑，說，你這種問題真是煞風景。你看我們，好好壞壞，還不是這樣走過來了……

高興聽了，若有所思。

蒂芬妮

理渡到大學才看過《蒂芬妮的早餐》這部電影，她喜歡奧黛麗赫本，不過不喜歡這部電影裡她演的角色。因為那年她正勤勤懇懇唸書，認認真真找工作，打算過一種按部就班有責任心的生活，也就是作好了準備要當一般意義的社會棟樑之材，所以覺得電影裡的女孩子驚驚咋咋，太過自我中心，生活也缺乏焦點。總之從頭到尾她沒看明白女主角要做什麼，其實理渡看電影的時候心不在焉，蒂芬妮一直在開小差想別的事。室友驚訝地問她，難道真的不喜歡？她順口說自己壓根痛恨不勞而獲。室友便無話可說，自顧自又將租來的影碟看了兩遍。之後室友意猶未盡，對電影總結說，真是深入民心呀。理渡忙著更新自己的簡歷，愣愣地抬起頭，問，是什麼深入民心？室友做一個懶得交代的鬼臉，說反正你不感興趣。

不過，蒂芬妮這個名詞卻還是從此印在了理渡的心上。淺藍色的無處不在的影子，以讓人無法忽視的架勢出現在她周圍的廣告牌，雜誌上，標榜中產階層理想的幸福生活。這是個奢侈品牌嚮往中產化的時代，誰都想有廣袤無邊的群衆基礎，奢侈大品牌的目錄裡總有些讓人稍微伸手就能觸及的親民產品，好像一個美好夢想羽化成蝶，飄然降落人間，讓人胸中有理想輕盈翻飛的感覺，這無論如何也不是一件壞事。

理渡收到的第一個淺藍色的小盒子是男友送給她的銀項鏈，那是大學畢業後的第一年。她有點驚喜。臨近聖誕的時候，整座城市都在熱鬧地消費，她也覺得歡欣鼓舞的。淺藍的盒子一直放在床邊小櫃子上，她則一直戴著墜子，那是心型的項鏈。有一次洗澡時候忘了摘下來，結果項鏈就因為氧化泛黃變黑，她路過蒂芬妮的時候，順便將項鏈拿到櫃枱去清洗。銀飾被周到地放在銀托盤裡，拿去裡間的工作室。理渡坐在沙發椅子上等待，周圍靜謐，她忽然想起之前看過的以蒂芬妮命名的電影，這種被周到地招呼著的感覺讓她心中覺得相當安靜，比周圍更安靜。接下來，她去買了電影的同名原著，在一個週末的午後把那篇小說看完。書的情節與電影不太相同，其實電影的情節她也記不清了。她站在鏡子前，把重新擦亮的項鏈戴在脖子上，仔細端詳，看的不知道是自己還是項鏈。她也不再覺得書中的角色討厭，不過覺得生活有點累。況且，那樣專心地工作和生活，最後要走向哪裡去?她轉動脖子，銀飾並沒有顧盼生輝。

工作第三年，她自己的生日，她去蒂芬尼給自己買了一根獨顆的鑽石項鏈，不大不小。她身形瘦削，所以不在意鑽石是否大顆，在鏡子前戴上，迎著燈，倏然的一道光。再過一年，她收到蒂芬妮的鑽戒，略低於一卡拉，她從黑絲絨盒裡取出戒指戴上，男友與她都微笑，於是下半生的承諾就此說定了。孩子出生的時候，朋友送來禮物，是個銀勺子，裝在淺藍的袋子裡，袋子放在淺藍的盒子裡，結著一條白色緞帶。她輕輕一拉，蝴蝶結便散開了。

理渡翻看雜誌的時候，發現不管是財經雜誌，還是時尚雜誌都有這淡淡的藍色的影子。真是無處不在，她這樣想，而在自己的生活中，也是如此。怎麼會這樣呢?她想起那個遙遠的學生時代看《蒂芬妮的早餐》的夜晚，她從沒有矯情到想要在蒂芬妮的櫥窗前用一頓早餐，甚至並沒有太鮮明的感動。但是，物質走入生活，殊途同歸，好像是誰也無法迴避的。無法迴避，就張臂擁抱，是這樣嗎?——有時她也會忍不住這樣問自己。

GAP

小歡唸大學的時候經常在GAP買衣服，像大學時代的制服。有些衣服穿了許多年也沒有穿厭，十年前的衣服也沒有覺得過時。只因設計簡約的緣故，整理的時候覺得沒有丟掉的理由，而且一條牛仔褲穿上十幾年，尺碼一點也沒有不合適。對都市注重外表的男生或女生都不可不說是一項豐功偉業，很可以洋洋自得。本來能夠讓人雀躍的事就愈來愈少，何不因此高興一下呢。當然，過了這些年，自大學畢業，衣櫃也逐漸升級，加入各等鼎鼎大名的品牌，但是要穿簡單的背心和T恤的時候，還是想到GAP。偶爾想一想，這也是生活中少數永恆之一，心中一軟，逛店的時候就多買幾件被標榜為基本物的小恤衫，放在衣櫃裡一直忘記拆封。

以前，同學的阿姨從亞洲到紐約來宿舍參觀，全身名牌妝容名貴的阿姨帶她們去飲下午茶。在回學校的路上，同學不知道為什麼對小歡說，阿姨從來不買GAP的衣服。小歡立刻明白，問，是不夠名貴的緣故？同學點點頭，說，好似人在亞洲就特別注重這些。等小歡若干年後自己也回到亞洲，倒沒有變得這樣講究，對名牌也並不特別執著，不過她承認自己也很享受物質生活，漂亮的東西環繞四周，她也不刻意要抵抗，而所謂漂亮的東西大多是冠了一個品牌名稱的消費品。對於那名稱，隨波逐流的她也不得不承認並非完全不在意，所以就隨遇而安，而且很快樂地在各種品牌中穿梭，跟周圍的女孩子一樣，興致勃勃地武裝自己，要變成大都市中完美無瑕的戰士。但是，她仍舊懷念在這裡還沒有分店的GAP，覺得自己是不同的，在這物質世界裡至少是清醒的那一個。

香港中環掛出GAP的廣告牌，宣布旗艦店正在裝修準備，幾個月後就會橫空出世。小歡看到的時候愣了一下，因為發呆，被後面匆忙行走的路人撞了一下，手上的包掉在地上。冒失的人幫她撿起包，身上正穿了件舊的GAP恤衫，印了大大的 GAP 字母。他眯起眼，擡頭看到高懸在兩人頭頂的巨大廣告牌，笑著說，哦，GAP！

這一年，小歡剛與交往八年的男友分手，工作上卻正一帆風順剛剛連升兩級。那一天，穿 GAP 的男孩子和她都沒有立刻趕路，一起站著看廣告牌，周圍的人流自他們左右如河水一樣流淌而過。小歡想這是這樣似曾相識的一幕，不管是電影裡或者小說裡都曾經出現過的橋段就是這樣的吧。一時錯覺，她以為看見自己。為了不馬上與人群一起流走，男孩子於是約會她，她想也沒有想就答應了，於是他們約會了幾次。穿 GAP 的男孩子比她小三歲，正過著從地球的一端游走到另一端的城市流浪生活，連身上的 GAP 恤衫也是二手的。小歡像驀然看見自己的物質世界之外的還有別樣形態的世界存在。同時也看到這兩個世界之間的鴻溝，那是一道真正的 GAP，不存在回去從前這回事。站在他面前，小歡知道自己從頭到尾被牢牢地綁在這物質的世界裡。回到大學穿梭在 GAP 店裡的日子，她買的 GAP，與他現在穿的 GAP 完全是兩碼子事。

他們分手的時候，那間旗艦店還沒開張，小歡也不關心了。

GAP在二〇一一進駐香港，在二〇二〇全線結業。

這中間近十年，太多事來來去去，而GAP早就退出了小歡的生活。

Per Se

我與蒂米約吃法國餐，在 Per Se，是紐約餐館中最招搖的新貴，但蒂米說這並非傳統的法國餐廳，不過是美國式的精緻食肆。因此寧願點新世界的酒，一瓶被 Parker 評九十六分的澳大利亞 Penfolds 的 2003 Shiraz RWT Barossa Valley。服務生穿深色西裝，戴同色窄條領帶，魚貫來去，似乎在努力示範一家時髦紐約餐廳應該有的氣氛，的確充滿屬於新世界的浮華之像，完全不要刻意低調。老世界的葡萄酒，譬如法國，完全靠天吃飯，任葡萄在天地之間靠自然雨水陽光生長，不勞人類插手左右收成；但在葡萄酒的新世界裡，譬如歐洲以外的所有產區，可以不擇手段，保證大規模生產的數量和質量，但酒卻也不絕對遜色，味道有時候甚至與老世界的不相上下。蒂米喝一口酒，說，這就像我們這個時代，有條件可以矜持的寥寥少數，剩下的逼不得已都要各顯神通，務求做到看上去非常美麗，也算盡如人意，如此簡單，漸漸就愈來愈少講傳統了。杯中的酒其實也澎湃淳厚，有黑莓子的香，淡淡一點辛辣，很有層次，是蒂米選的好酒。在新時代裡喝新世界的酒，是順理成章的事了，我覺得根本就是在按照新時代規則辦事的我們，其實沒有抱怨的基礎。

蒂米看上去卻好像滿懷怨言，當然不是為酒也不是為這個時代，原本約我吃飯要說的也是生活中一些別的挫折和憤怒。坐下來，喝一杯，舉起水晶高腳杯，看淺淺蕩漾的漂亮的深紅色液體，結果變成借酒說心情，想起一些前塵往事。她說，我聽，美酒美食，說起酒來，略略有些催眠的力量，讓心情慢慢降落，居然安靜下來。

蒂米喝第一杯酒，是十八十九，說的自然是葡萄酒。在美國，喝酒的法定年齡是二十一歲，偏高。所以少年大半在那之前，難免已經偷嘴，蒂米不例外。但先前喝的不外乎啤酒，也嚐過幾款大衆化的雞尾酒。她與一個男孩子開車去加州的納帕谷地，原本要看的是葡萄園，路過叫作 Robert Mondavi 的酒莊，停車借問路，結果混在一大群貌似遊客的中年人中間參加試酒會，冒充成年人喝酒。後來知道那是較大眾化的酒莊，那時也不懂酒，所以也說不上好壞，也不知道試酒可以把酒吐出來的規矩，喝了許多記不得名字和年份的酒，喝得滿眼望出去風光旖旎，世界溫柔得不像樣子。大片葡萄園也美麗，愛的人也無懈可擊。年輕時候喝酒，喝的是酒之外的東西，標簽名號也不重要。說起來像陳年濫調，但是說多少遍都沒有錯，最容易滿足正是這樣的時候。

後來喝酒喝得愈來愈精緻和挑剔。蒂米這樣說。我深信這樣的話沒有錯，蒂米最知道怎樣打扮得精準無誤，得體而又卓然不群，自然也花力氣研究過葡萄酒的知識，以配合她的一身打扮和社交場合恰如其分的應對。這彷彿是商業社會對一位願意追求生活品味人士的大眾期望，她不過是順應潮流而已。如此這般，男士們請她吃飯，便也識趣地表示懂酒。好酒倒也的確讓人留下印象，她喝過最貴的那杯酒是法國左岸特級莊 Lafit-Rothchild82 年的出品。在以米其林三星廚師為號召的法國餐廳，一切非常高調，像她當時的那段感情，事事講究外表漂亮。酒很貴，但是她知道不是因為他愛她才請她喝這樣的酒，不過是因為他負擔得起；與她交往大概也是一樣，不過是因為她的條件與他相配。蒂米平心靜氣與他喝完那一瓶酒，聽他講這個酒莊的歷史和酒應該有的滋味，覺得並不快樂。這些知識是死的，蒂米說，她自己也可以找到答案，好酒也不過是錦上添花，否則也不過是愁上添一段愁緒；何況她喝酒本就是喝一個情致，聽上去一切有點膚淺。懂得愈多，卻愈接近膚淺，因為她本來就是為了一個酒可以借給她的姿態，她愛的也不是酒的靈魂。

然後，她去歐洲，算是到了酒的老世界，去的是意大利的Chianti，到處是古跡，卻沒有傳統包袱，葡萄酒莊隨處可見，是個興之所至，就容易開懷的地方。蒂米要過好幾天才解下自己的包袱，其實是壓力，是商業社會緊追不捨要逼人成功的種種期望。小城的意大利人也見慣世面，但是願意把小城步調留在若干年前的狀態，看上去好像是個世外桃源，有種榮辱不驚的悠閒。小餐館味道很好，但沒有咄咄逼人之態，也不刻意做出一幅精緻和矜持的模樣，到處喝得到便宜但味道偏偏又極好的好酒。與在大城市的高級餐廳裡，正襟危坐地舉一枚水晶杯的狀態相比，更接近生活原始的喜樂狀態——人們獲得大地慷慨餽贈，用一種坦然的態度享受，也打算回饋報答，不竭力勉強違逆自然之事，很有一點天人合一的味道。在小餐館裡叫一杯酒，就著當地的腌肉、火腿，蒂米發現自己過去喝酒喝得過分裝腔作勢。一杯酒就是一杯酒，一個人也就是一個人，誰也不能代表誰，但商業社會裡物質與人重疊在了一起。她在Chianti真正開始享受喝酒的樂趣，開始覺得葡萄酒真的是天地之間自然送給人的一種精華，這倒與瓶子上貼的那一個標簽無甚大的關係。

然後假期結束，回到所謂的文明世界，總是要回來的吧。蒂米告訴我上一次她喝酒，是吃北京烤鴨的時候，一時興起，自帶了Chianti Rufina的酒。那酒帶一股清冽的果香，入口很有絲質感，留下的餘香與果木熏烤的烤鴨，味道真正相得益彰，很讓人得意和滿意。她想，這才是懂得了喝酒吧。但是對酒的認識，其實並不能解決生活中別的難題。但是至少酒，不再給她出難題，讓她在燭杯交影之時不會有些微不必要的緊張或自以為是。

我們在 Per Se 繼續喝酒吃大餐，蒂米說著酒，至於原本要說的煩惱，她一直沒有提起來，好像忘了。酒如人生，難免會碰見劣酒，生活也難免會有不快。但是喝酒從不懂到過分執著，然後回歸從容，也總能因此看懂一點人生吧。

TOKYO JOE

早上起來的時候，諾諾幾乎忘記自己在什麼地方，鬧鐘的聲音在夢中是火車的長笛，要去哪裡呢？在夢中這樣問自己，醒來了仍舊迷迷糊糊不知所終。然後她幾乎要從床上跳起來，兩個雙胞胎女兒需要上學，可不要遲到了。這念頭像警鐘一般，讓她突然地清醒，正要睜眼坐起來，才想起自己在遙遠的加州，一雙女兒在杭州，此刻大概已經放學，正要吃晚餐。她伸出手去，去握旁邊那人的手，同時鬆了了一口氣——他在那裡，沒有錯，手是溫暖的手，床也柔軟，舒適程度如倦鳥期待的巢——一切充滿家的感覺。然後，身邊的人也醒過來，握住她的手，稍微地停頓，時間也像停頓了片刻，誰也沒有說話。到了起床時間，今天是進貨的日子，他要親自去供應商那裡提貨。他起來的時候問，你確定要跟我去嗎？要不然多睡一會兒，我回頭來接你去店裡。

我也去。她這樣說。

提貨不像想像中或者紀錄片中的日本魚市場那樣充滿探險獵奇的意味，他們只是開車到中間商的倉庫，把事先預定的魚搬上小貨車而已。中間，他指給她看另一家日本餐館的貨車，說，傳說中的三藩市最好的餐館，他們每天都來進貨。東京築地市場直送，都是當天最好最新鮮的魚。

她遠遠看過去，有點興奮，突然雄心壯志地說，什麼時候我們的餐館也跟他們一樣，進最好的魚。

他把加了冰的箱子搬上車，笑著說，我們這樣的餐館不需要那麼好的魚。然後打量她有點失望的表情，說，我比較務實，不同的餐館，客人的要求不一樣，價位也不一樣。我們只是做點普通料理，普通的壽司而已……不過，如果你喜歡，我們可以定最好的魚來，我做給你吃。

她吃吃地笑，說，這麼麻煩，不如你請我去那家最好的日本餐館吃，不就好了?

他也笑了，一面發動車子，一面說，可不是，我廚藝一般，真讓我來，怕對不起那麼好的魚。

車子在101高速公路上往回開，諾諾看著兩邊景物往後飛逝，不禁覺得天老地荒，彷彿從此回家了一樣。

他看她兀自微笑著，便道，一會兒回去就又要忙一天，你一到加州，也沒時間玩和休息，就跟著我折騰，真是對不住。

她卻往後一靠，仰起臉作出舒適的表情，說，往後時間多著呢。

兩人便安靜下來，他專心開車，她靠窗想心事，過了許久，說，其實，我們小的時候不是總一起玩嗎?玩也玩夠了。

他伸手過去握一握諾諾的手，說，過一陣子把兩個女兒接過來，便沒什麼可挑剔的了。諾諾答是，心中很安定，新的生活大概都是這樣開始的。

他們的壽司店很小，他自己就是壽司師傅，別人大多以為他們是日本人。

如果他們自己不說，別人自然是看不出來，也想不到這家味道還不錯的壽司店居然是兩個杭州人開的。他們是新移民。

他們自小相識，幾乎是一起玩大的，後來她嫁給別人，有了一對雙胞胎，再後來離婚。他鄭重跟她說，你知道嗎，其實，我一直喜歡你，很喜歡……

她張大眼睛看著他，因為他的語氣中有轉折的意味。

他果真接著說，只是，只是，我剛辦了移民手續要去加州坐移民監……他的口氣誠懇，但聽得出心中忐忑。

她皺眉想了幾天，打電話給他，問，你去加州做什麼？

開壽司店。他在那頭說。

諾諾愣了一秒，然後哈哈大笑，說，我認識你這麼多年，怎麼從來不知道你會做壽司。

他嘆氣，答道，過去的兩年，我們生疏了。

諾諾沉默了一會兒，說，這樣吧，我把我的公司轉手出去，也跟你去加州

吧。

他聽了，怔了好一會兒，不能說話，是因為高興得不知說什麼好。

諾諾在另一端說，我可是為了我的女兒們喔，去加州生活，她們應該也會喜歡。

他只一味說是的，是的。

然後，他們結婚，他先行，過半年，諾諾來與他匯合。加利福尼亞的壽司店取了個很普通的名字，就叫 TOKYO JOE's。

日常生活從此開始。

海岸

她到里維埃拉的海岸時，剛看完 Fitzgerald 的 *Tender is the Night*，在飛機上合上書本，感覺到飛機降落時的震動。然後過海關，非常迅速，沒有任何拖泥帶水的排隊輪候，乘客一個接一個無聲地通過，像流水線上等待檢驗的產品，無一例外地合格。沒有特別熱情但是不缺乏禮節性微笑的工作人員啪地在護照上敲上印章，然後，那就是法屬里維埃拉了，正是書中的場景。

夜，還沒有來臨。海水蔚藍，廣袤無邊，海面停泊著漂亮得無懈可擊的游艇，那些游艇存在的唯一目的好像只是為了替美好生活這樣的詞語作註解一般，世界於是變得簡單而且有序，只有美麗，沒有其他——所有一切天經地義。她看著海面，等待黃昏的來臨，夜色裡漸漸飄來溫暖的風，果然一切溫柔——夜色溫柔。她想像用Fitzgerald的口吻說話，背誦一般地說，那些溫柔的和勇敢的好人在時光裡被消磨得暗淡無光，所有的人都一樣，難逃這樣的命運……然後，書裡帶來的惆悵包圍她，在心裡形成巨大的空洞，那龐大的無力感像溺水之前的徵兆，呼吸於是也要開始變得困難。她覺得簡直像是被夢魘住了一般，但是重重咬了她一口的不是書中的情節，而是她自己的人生。

逃離原來的生活，未來還沒有開始，暫時蜷縮在一段不著邊際的時空裡，這恐怕就是里維埃拉這樣的地方存在的意義吧——暫時不用為任何一段時間負責地住在那裡。海水無邊，溫柔的時候，簡直難以想像她還會有暴戾的一面。在海岸看到的永遠也不能說明下一刻出現的將會是什麼，恐怕是海市蜃樓也不一定。

她想到另一處海岸，在那裡，歡樂終止，憤怒開始卻也無處可發泄，然後剩下的是過於寬廣的世界。折成了兩半之後，仍舊過於寬廣，簡直不知道站在哪個位置才好。

她和他在那處海岸分道揚鑣。曾經被當作金童玉女式的組合，實在過於完美，像一件漂亮的瓷器，依仗的是支架的四平八穩。只要支架稍有傾斜，就粉身碎骨了，更何況到最後，回頭看，他們兩個人之間缺乏的就是那最普通的叫作誠信的支架。

他們在新加坡認識，兩人都遠離家鄉，在跨國大公司任職，他看見她，追求她；她讓他追求，因為她也一早看見了他。他們都年輕，在南國溫熱濕潤的空氣中，一切合乎邏輯，像現代社會裡一段運氣還不差的感情。

他們在夏威夷的海岸舉行兩個人的婚禮，除了牧師，就是海浪為證，他幫她挽那一襲輕紗的白裙子，把本來就常出現在風景照裡的海灘變成遠離人間的地方。事後想起來，沒有不相干的人參加的婚禮原來只是為了一個理由，因為那本來就不具備可以被世人見證的合法性。他原本的妻子在他們下榻的酒店大堂等他們回來，她的白裙子裙擺還是濕漉漉的。遠方來到風塵撲撲的客人不是為了祝福他們，只為了惡意冷笑地宣布他們所做的一切如何可笑，只不過她也不是勝利的那一方。

他什麼也沒有說，因為不知道怎麼解釋，所有的愛，太用勁了，潑了出去，什麼也沒有能夠留下來。她最後看他的那一眼，看到的滿是無可奈何。

海岸邊的一切是不可靠的。她這樣下結論，然後離開這處海岸，到另一處海岸。風好浪靜月圓，人生中一直在尋找的這些，是不是只能是暫時如此呢？但是，有一點，她會堅持，那就是永遠不要在海邊結婚。

戰役

在去阿拉斯加的遊輪上，我碰見她，她跟她母親一起。船開過冰山的時候，她們在甲板上，她戴著墨鏡，在外套外面又裹著一張大披肩，都是看得見明顯品牌標簽的飾物。不過她舉著電話拍照，心不在焉，結果電話掉到水裡去，遠遠地被捲入浪花，連咚的一聲也聽不到。她好似全不在乎，只探頭往下看了看，她母親也張望了一下，在邊上嘆口氣，說，掉就掉了，反正這幾天也沒有人會打電話來。她則扶著欄杆，看了一會兒，說，裡邊的照片也沒了，有一些是跟他拍的。

唓，你還想著他！她母親才說一句，就頓了頓，看了她一眼，沒有說下去。因為即便有墨鏡遮著，她看上去也有點不太高興的樣子。接下來，她們沒有說話，因為再說下去，照那語氣，搞不好，會吵起來。

有一塊巨大的浮冰飄過來，甲板上別的人都看上去興致勃勃的，她卻拉緊了披肩，離開人群，與這一切的熱鬧背道而馳那樣走了回去。遊輪本來就不大，她們訂的是套房，因為有一次我看到她們從走廊盡頭的房間走出來，在長長的走廊的那一端，像要走好久才走得到人群中來似的。船又剛好晃了一晃，那長長的走廊看上去像要長途跋涉一般才能走完。後面幾天我都沒有看到她們倆。遊輪在小小的城鎮或者島之間穿行而過，這真是個廣漠無邊的世界，海和天空，以及千年的積雪和各種根本與外界那個物質世界無涉的野生動物。雖然那並沒有讓我覺得很渺小，但我帶的那些帶著名牌標簽的行李袋和衣物在這樣的地方看上去真的有些可笑，一件能遮風擋雨的外套在這個地就足夠了。

有一天晚上，我在酒吧碰見她。穿一件小黑裙子，居然沒有化妝，但是她的五官出乎意料地清麗脫俗。我看清楚這樣的她，楞了一下。她已經喝了些酒，半醉而不醉，看見我，說，中國人？

我點頭。她說，要不要坐？這裡找不到另外一個中國人說中國話——除了我媽媽之外，——真是悶死人了。——你會說中國話嗎？——現在很多人看著像中國人，卻不會說中國話，有些人看著不像中國人，中文卻說得好得很——不過，在這條船上，我沒有碰到——那麼多，都是老人——我告訴我媽，在這條船上找不到金龜婿的，她偏不信。

最後那句話讓我笑出來，於是我坐在她身邊，告訴她，我住在紐約。

你的女伴呢？她問。

她累了，休息了。我這樣回答，她似乎因此鬆弛了下來，說，那你剛好陪我說話——就今晚——僅此而已。她這樣說。

燈光下的她看上去這樣年輕，以至於我開玩笑說，你確定夠進酒吧的年齡？

誰知這恭維不能讓她高興起來，神情愈發落寞，說，你們都覺得我年輕不

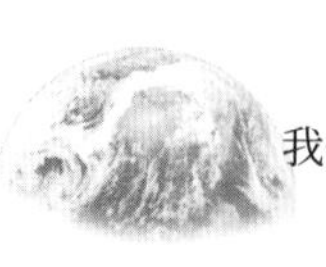

懂事。

音樂響起來，四人樂隊演奏的爵士樂在看得見的窗外夜空下，分外空曠。她絮絮說下去，看樣子並不在乎我有沒有聽到，只是想要宣泄而已，而且那些喝下去的酒精漸漸起了作用。她說，就差這麼一點，我離幸福的生活就差那麼一點。她抬起手，舉到眼前，用拇指和食指比劃著那所謂一點點的距離。然後繼續說，不過，我很高興，因為我沒有輸給愛情，我是被資本打敗的，那也沒什麼丟臉的。在資本面前丟盔棄甲的人不計其數——反正，我媽媽說，他的公司上不了市，我們就不能結婚。嗯，有什麼辦法呢，資本眼睜睜地從我們眼皮底下逃走了——你說資本怕的是什麼？

我笑了笑，搖了搖頭，她像要努力作出神秘的樣子，看看自己的手心，再轉過來看手背，然後遲疑地換個手型。食指伸到我眼跟前，左右晃著，說，我告訴妳，資本是一隻老虎，他們想讓他在馬戲團裡跳舞，可是他不受控制也贏不了他們……結果，他只好落荒而逃……他只是一隻老虎，他懂馬戲團的規矩，他不相信有人天生愛打老虎，……

她咕噥地說著，嘻嘻地笑著，直到她母親站在了她的身後。優雅的母親禮貌地點頭，抱歉地微笑，然後把她帶走。那孩子一面跌跌撞撞地走，一面回頭，看來是喝醉了，恐怕不記得跟誰說過什麼。她走之後，酒吧有點安靜，我看窗外的海水，只覺得萬里之外，刀光劍影，都是一場場戰役，不覺慶幸自己此刻在這不著邊的海洋之上。

雪國

在札幌雪祭的巨大冰雕前，日本人都在驚嘆好偉大啊，真是太壯麗了！簡直是奇蹟啊，然後擺出很陶醉的姿勢合影。她吸了口氣，有點疑惑，小聲對身邊的人說，沒有想像中那麼壯觀呀——好像規模偏小了一點，總之跟想像中的不一樣。站在她旁邊的是這次負責接待的導遊，戴黑框眼鏡，看上去很斯文，相處很短的時間之後，就能讓人覺得彷彿是相交甚久的朋友。他的優點之一是話不多，不過在看到她用迷惑的眼神等著他回答的時候，便笑眯眯地說，中國人都這樣說。這跟哈爾濱的冰燈節，當然不一樣。不過，當地人還是很自豪的，而且大家都是興致勃勃的。一面說，一面幫她擋一下，免得她被迎面搖搖擺擺跑過來的小孩撞倒，或者踩到另一邊半溶的雪水裡。

哦。她點點頭，將手放在羽絨服的口袋裡，繼續往前走，沒有特別的目的。他幫她買了一包薯條，樂呵呵地遞給她，起初她駭異地搖頭不接——這些年，她早已經戒絕這樣油膩的食品了。當然是因為工作的關係，但也不全然如此——女孩子愛美——況且對於美這件事，她恐怕比尋常人要偏執得多——他卻堅持，說，嚐嚐看。那話語好像有種特別得可以說服人的力量。

幾乎有點迫不得已，她拿了一根試試。不知道是因為近十年沒有嚐過它的滋味的緣故，還是因為滋味真的特殊，一路走，一路吃，不知不覺全吃完了，還覺得意猶未盡。她笑著說，這下破功了。破了戒可沒得收拾了。

他笑笑，說，不妨。你自制力強，不打緊的。

他如此說，她心中卻像被突然按了某個按鈕，讓她一瞬間失神。他彷彿一愣，繼而有點尷尬，卻不露出來，將話扯了開去。

他當然知道她是誰。她也知道他知道。不過，兩個人都不說破，他只叫她陳小姐，而不是那個家喻戶曉的藝名。她也不免自嘲，假如他沒有認出自己來，是不是會有那麼點失落。然而事實上，行程是她助理安排的，由她朋友介紹，千萬囑咐要妥善照顧。而她是過來避避風頭，圈內圈外關於她真真假假的傳聞太多，如今傳得離譜了，連她自己也快要真假不分，又牽涉到旁的要人，非常煩惱，索性一個人放假，到這不近不遠的地方逛逛。事實上，即便也算與人約會著，想要共遊，卻真的沒有合適的人可以陪她。

他在當地語言學校教書，兼職導遊，幫她安排了行程，看每日情形，帶她去不同的地方遊玩。冬天到處都是雪，可她既不想滑雪，也不想泡溫泉，但對看雪和美味的食物卻有濃厚的興趣，吃得不多，卻很盡興。他說她自律，不知是自己的印象，還是從那些娛樂版的八卦裡看來的道聽塗說。有時，她疑惑，他這樣周到，是不是對每個人都這樣，但馬上對自己這樣的想法覺得無聊。

在雪國裡不過呆了七天，但好像回到結繩記事也沒有的洪荒紀一般，生活簡單。一早醒來，在酒店用過早餐，她等他來接，好像要變成久遠的習慣，自己也有些心驚。在那樣寒冷的地方，她心中卻覺得很溫暖，好像有什麼東西在逐漸溶化，但是她卻改變了行程，決定提早回去——因為沒有留下來的可能，不如早點走。

他沒有表示驚訝，還是一樣周到地把她送到機場登機口為止。

在自己開車回家的路上，他也若有所失。這個世界上充滿了自律的人，不知道有什麼好處。

隔天，看娛樂新聞，看到她在機場被拍的照片，說她與男友把臂同遊回來，一個人先匆匆急趕。雖然知道那是無稽的消息，但心情還是變得很壞。

從此，他們還是各自做各自的自己了。

匆忙

有三個人，本來互相不認識，在一九九八年的時候，曾經同一時刻出現在香港的啟德舊機場。阿縷是香港人，來接從臺北飛過來的朋友，但是記錯了航班，久久沒有接到要等的人；小菱在那被記錯的航班上，下了飛機，也沒有找到本來要接她的人，拖著行李在阿縷面前走過；程誠那時正站在她們的後面，他從北京飛過來，在找港大暑期項目接應的牌子。三個人都像迷了路，在尋找著什麼，有點惶惶然。那是七月五日，過一天，新機場啟用，舊機場便變成了歷史——因此他們都記得那一天，小菱和程誠第一次到香港，而阿縷正等著離開這個城市，第二天她飛去了紐約，過了五年才回來。

阿縷回來的時候，該告別的都已經告別，正好開始新的生活——至少她是抱著這樣的雄心的——而果然，生活以全新的面貌展現。那時小菱和程誠正以戀人的姿態出現，他們三個人是同一間律師行的同事，阿縷到得晚，遲了兩年。同事間通常不宜產生愛情，但是發生了，也顧不得，只好善後。阿縷看見他們的時候，小菱正在與別的律師所洽談跳槽的可能，過程光明正大，眾所周知。不過，雷聲大，雨點卻沒有落下來。到了最後，跳槽的是程誠和阿縷——兩個人都不好意思見小菱了。三個人分三家赫赫有名的大所，因為關係微妙，同行間也避不了，讓人感覺像三足鼎立。專業人士之間本來就欠八卦，這段故事便鶴立雞群，讓人津津樂道很久。程誠和阿縷也沒有修成正果，也許一開始因為理虧，有點鬼鬼祟祟，也不是沒有刺激，但感情的蜜月期過去之後，竟然覺得有些無味。兩人竟開始相對無言——其實是因為工作太忙的緣故，忙碌把浪漫搾乾了——他們一分手，眾人像鬆了口氣，好像業內秩序終於恢復正常。

後來，各人專注工作，回報都比從愛情上得到的多。程誠最先結婚，兩個女生都出席了婚禮，大家都太過禮貌周到，禮貌背後，也都有點小傷感。從此，彼此見面點頭，不再深談。工作上，那些年居然也能夠互相規避開，有驚無險。

二〇一三年初，北京下大雪，航班卻沒有取消，三個人都要去北京，被滯留在機場，在貴賓室撞在了一起。如果再刻意回避就有點小家子氣，所以三人明顯地猶豫之後，坐在了一起，各坐一張沙發，不算面對面。

小菱最先開口，說，時間真快，九八年的時候，第一次來香港，還降落在舊機場，那是舊機場使用的最後一天。

程誠驚訝說，我也是那天第一次來香港。也降落在舊機場。

阿縷等著他把話說完，接著開口，說，巧了，那天我也去了舊機場，接人，花了老大功夫才接到。

說完，三人都沉默。他們不知道，其實那天，三個人曾經那麼近距離地交集過。當然，後來更近過，但是最後還是變成了陌生人。

人生的緣分有的時候有點難。

世界寂然無聲

她在微明的晨曦中醒來，世界寂然無聲。前一日從花園採摘來的檸檬還在廚房木桌的盤子裡，馬拉喀什的檸檬比別處的略顯滾圓，而蒂部扁平，挨挨擠擠在一起，像一群沉默太久的小動物，急不可待想要在黎明中開口。她抵擋不住那薄薄果皮下芳香的誘惑，取出一枚切開，汁水在空氣中徐徐飛濺，那微酸還甜的分子瞬間充滿了整個室內的空間。這時她聽見窗外的鳥鳴已經織成一片，世界好像在與她一起甦醒過來。她從小喜歡檸檬的味道，可以拿起整個檸檬吸吮飽滿的汁水，所有的味蕾和感官在一剎那有澄明清晰的領悟，如同一扇玻璃窗被擦得異常明亮——她覺得這就應該是看世界的方式。而後稍長，她恍然意識到那其實就是人生的味道，要走下去，就要忍受酸與甜，清新與苦澀。

白天已經徐徐降臨，但馬拉喀什卻還在睡夢中沒有睜眼，街道與市集都空曠無人；老城仍舊如同一座古老的迷宮，以古老的沉默暫時戰勝了熙攘吵鬧的人群——當人們都遠離的時候，裝飾繁複精密的城池卻還頑強地站在這裡——她彷彿是城中唯一的探險者和見證人，並且走進了自己攝製的影片中。所有場景已經布置好，看見的可以先紀錄下來，只是對於那些輾轉難眠的焦慮卻難以有一個確定的答案——她停下來，在馬拉喀什的街道上，一切都彷彿停頓了下來——事實上，這一年，這一個時刻，這是整個世界的樣貌——疫情來襲，所有人都要作出妥協，暫時放棄舞臺——這是不再有筵席盛會的一年，但是遠方的戰爭是不是也暫時停息了？——她知道這個世界的問題遠比這眼前的疫情更深刻，當疫情走的時候，那些問題也還會頑固地站在這裡，不同的世界遙遙彼此相對……

陽光逐漸高照這個沙漠畔的城市，她穿過寂靜街道沿著民居的院牆往回走，院子後的植物吸收了陽光正各自散發出頑強的芬芳。可是她覺得自己聞到了海洋的氣息，還有尤加利樹的味道，她不確定這是不是自己的想像。

進門的時候，電話鈴聲正響起，話筒那一邊響起的是母親的聲音——沒有什麼要說的，只是通一次話。等這一切過去，一切會好的——她放下話筒時，一時恍惚，不知這是自己說的，還是母親說的。

她習慣於站在兩個世界的相交處，放眼望去，世界廣袤無邊，她可以出發去任何一個方向。當然，任何一個選擇都需要一些勇敢。在年幼的時候，她願意相信世界是平坦的，近處是花園，遠處還是花園，玫瑰、九重葛、橘樹、檸檬樹、橄欖樹、尤加利樹……不同的只是花木的種類，蒼翠馥香卻亙古不變，花園之外天地廣闊，只要奔跑就可以抵達要去的地方；歲月積累之後，她清楚路途上存在著各種可能的荊棘，不過她願意嘗試，因為即便在黑暗的地方，也總有光的源頭，也許她可以找到那個開關。

有時她站在世界的這一邊，一望無際的平原上陽光和煦，在這裡她可以茁壯任性地生長，如同任何一棵無憂無慮的樹，假以時日就可以根深蒂固，枝葉參天；可是世界另一邊卻已經悄悄湧起滾滾硝煙，她無法站在原地視若無睹，於是她意識到自己無法當一棵扎根在同一處的無動於衷的樹。如果這個世界在崩壞之中，她要走到那斷崖之處去尋找一個答案。

她試圖跨越此岸世界與彼岸的鴻溝，她一直在尋找一種方法。她想在心中植入渴望，可不打算隱藏和粉飾太平，而是毫無保留地把世界殘酷的一面呈現在眾人的眼前。她曾經嘗試用電影的方式來詮釋這個世界。黑暗中，看著熒幕，她聽到自己的脈搏——好像她已經把自己溫熱的心放置於其中，慢慢等待花蕾在暗夜中綻放，徐徐散發出光和香味。那都是她與這個世界難以割捨的種種聯繫，是她心中沒有拋下過的愛，花與草，果與樹，土地與海洋，家鄉與遠方。

她的母親出生在摩洛哥，父親出生在伊拉克，她自己出生在倫敦。世界交叉縱橫，如一張複雜的網。不過在年幼的時候，她願意把一切簡化，將她身邊雙眼所及的幻化成一個屬於自己的平行時空——這兩個世界之間也許是沙漠，也許是海洋，可是她自詡掌握了橫穿那廣漠空間的魔法。

有一半時間在山林裡渡過，那是被摩洛哥北部的山林，迷迭香和百里香的味道瀰漫在地中海吹來的薄薄的水氣中。家族中的女人聚在一起彷彿隨時可以開始講述一千零一夜式的故事，一杯甜薄荷茶，從長輩傳到晚輩手裡。可是少女關心的故事卻已經漸漸改變，傳說中的異國情調在少女的敘事中慢慢變成全球化中理直氣壯的文化背景。阿拉伯帝國的征服，法國和西班牙的殖民者來過又走了，過去的留在過去。和平之後，安靜與祥和中各種文化澆灌下成長的孩子容易對這世界產生一種天然的親近與好感。「摩洛哥深植非常大地，枝葉卻呼吸著歐洲吹來的微風。」她重複這句話的時候，覺得這是天經地義的，微風中有海洋的味道，也有說關於現代都市的憧憬。

童年的另一半時間花在倫敦，另一半家族的男人們在這裡談論政治。就在她打算輕鬆原諒過去值得原諒的一切的時候，又被推上了另一個觀眾席。沒有人教她應該如何去面對遠方的殘忍和暴力，她血液的一半來自那片土地。她只有睜著眼睛觀看那一齣齣劇目上演。在這個城市裡，她來自伊拉克的祖父與他的朋友們在屋內被喧囂的爭論淹沒，屋子之外風淡雲輕，英格蘭的花園綻放得格外的美麗，她既屬於這裡，也屬於那裡。

要跨過這兩個世界之間的鴻溝，她想，她只好變得勇敢一點。在即將長大成人的時刻，她要堅強地站立著——一個人到底能有多少選擇，她還在衡量著。

生命中已經有太多城池，因此後來出現的那些城市，即便有熱烈的感情，也只能把自己當作過客，因為最終，自己還是要回到最初的那個世界裡。她到過紐約，來到這個城市的時候，她還年輕，紐約給了她自由，新的世界過分理想化，無論是誰，彷彿只要吶喊就有回聲。她是如何走到這裡的？——有時她自己也有些疑惑，也許在這樣一個全球化的時代，穿過這樣一個國際化的城市好像是必然的。在這個人造的鋼筋水泥的叢林，她想念過海洋和山林的味道。可是在這裡又好像什麼都有，物質似乎可以堆砌出任何一種味道，充滿了新奇——她只要決定自己究竟需要什麼。在這樣的城市人們總是可以希冀很多，收穫是另一回事。不過，那不是懷疑的年代，在每一個世紀即將結束的時候，人們總是抱著特別美好的夢想，夢想總是有輕如羽毛的質感，直到變化來臨的時候。

聖彼得堡是另一個彼岸，她撞見過這裡的白夜，墜入到一個無盡永恆的白晝裡。她要適應沒有黑夜的世界，不過發現這個城市有比黑夜更複雜的身世和面目。於是，那一年她離開城市去尋找海洋，往東是芬蘭的邊界，有大片北國的森林，以及上個時代遺留下來的標準化水泥住宅公寓。她從城市到鄉鎮，旅途中終於勾勒出自己對這個國家的印象，這片土地背負了太多重擔，如同她某種意義上的故鄉。她還是在拍攝電影，用短片紀錄到過的每個城市的印象，心中的問題還是沒有一個最後的答案。

這一年，她回到馬拉喀什——她母親的城市。她母親不在這裡，而整個世界寂然無聲。她人在故鄉，可是卻覺得停泊在某個站臺上。許多人也與她一樣停留在路上，等待著再出發。最初的時候，她以為只要堅持走下去，彼此就會有一樣的光明前途；後來她知道須要接受的是不同的人有不同的堅持。在這一年，關於堅持，許多人都在等待最好的詮釋。

跋

二〇〇三年末初抵香港時，沒有想到會在這個城市住那麼久。

那時感覺許多朋友都陸續在這個城市落腳，或者正在趕赴這一場熱鬧的路上。

我的寫作生涯也大致在那時開始，許多故事慢慢生成，如花之綻放，填滿生活的空隙。我一直覺得香港是個適合寫作的地方，正如同她適合許多人和許多心境——現代與古老，東方與西方，生活與夢境，喧嘩與安寧，這個城市很容易相處，任誰都能找到一些契合之處。人們來來去去，落地為家，生活充滿了各種可能。

Ah Man 在序中提到十一行，我也突然醒覺，十一行正是這城市種種可能產生的一段夢幻之旅。寶蓮、楊導、Ah Man和我在南方這座城市相遇是個美妙的巧合，這家在中環老街區落腳的二手藝術書店在當時確確實實是我們心目中的夢想之地。小小的地方承蒙所有熟悉或者陌生的朋友的眷顧，每一步，每一場活動，每一個展覽，每一次相聚都如同點起一場煙火，在我們心中十一行大概就是一場嘉年華。隨著時光推移，那家小小的書店逐漸淡入這城市的背景，在熱鬧中沉澱成曾經的風景記憶，並沒有傷感的成分，這也許就是城市正常的新陳代謝，翻過一頁又一頁，人生旅途還是充滿了各種可能。我們身處在一個忙碌的都市，記事簿上密密麻麻繼續著各種各樣的瑣事和大事，心中記掛著各種新的可能。

只是所有人都沒有想到，二〇一九年會是一個分界點，如同敘事中置入的暫停符號，所有輕如羽衣，或者重若高山的歷史都恍如寫在沙上故事——潮汐來時，所有人都在翹首等待一個結局；潮汐退去，必定抹去了一些時光的痕跡，人群也許只能就此散去。但是，回首是難免的吧，我們總會想要回頭看看自己來時的軌跡。

我在二〇二二年整理這些短篇小說，世界仍舊滯留在某種停頓之中。大家都有些疲倦。這些故事有的寫在多年之前，像青春之歌，難免稍微有點為賦新詩強作愁的姿態，但是這種屬於青春的張揚是何等奢侈。

彼時，我們將全球化這樣的詞掛在嘴邊，以為那是我們時代的經典的曲調，歡欣鼓舞地從一個世紀進入另一個世紀，因為物質正逐漸豐盈，就相信前途必定繁華似錦，能夠持之以恆。那時的我們自以為站在高處，可以全面客觀地端詳這個世界，指點江山，實現理想；然而實際上這所謂的高處不過是我們後院的一個小丘，雲淡風輕，確鑿的太平是堆砌的園林風景。

其實，我們也並不真的天真不解世事，我們從沒懷疑過遠方有沙漠，有風雨，有戰爭這樣的事實。我們懂得這個世界可能會停頓，會碰撞，只是心存僥倖，不願相信。而世界一直在一面全球化，一面繼續硝煙，有人義無反顧，有人身不由己，都在平行的時空裡破浪前行。但是，沿著不變的軌道勇往直前，直到世界的盡頭也不會停下來的願望，終歸只能存在於力學世界的完美假設之中——那樣的假設真是浪漫，恍若我們曾經一廂情願擁有的那些羅曼蒂克的念頭——也許，在從前我們曾經相信過，以為所有人會站在一起，在同一條路上走下去——理想可以實現，分歧也可以解決，甚至一笑就可以泯恩仇——且以幾篇小說紀念那羅曼蒂克的過去，那時我們愛這個世界，也相信世界愛著我們。

我們羅曼蒂克的過去

作　　者：聞人悅閱
責任編輯：黎漢傑　梁穎琳
內文校對：阮曉瀅
封面設計：LoSau
內文排版：多　馬
法律顧問：陳煦堂 律師

出　　版：初文出版社有限公司
電郵：manuscriptpublish@gmail.com

印　　刷：陽光印刷製本廠

發　　行：香港聯合書刊物流有限公司
香港新界荃灣德士古道 220-248 號
荃灣工業中心 16 樓
電話 (852) 2150-2100　傳真 (852) 2407-3062

臺灣總經銷：貿騰發賣股份有限公司
電話：886-2-82275988　傳真：886-2-82275989
網址：www.namode.com

新加坡總經銷：新文潮出版社私人有限公司
地址：71 Geylang Lorong 23, WPS618 (Level 6),
Singapore 388386
電話：(+65) 8896 1946　電郵：contact@trendlitstore.com

版　　次：2022 年 9 月初版
國際書號：978-988-76254-3-8
定　　價：港幣 98 元　新臺幣 300 元

Published and printed in Hong Kong

香港印刷及出版
版權所有，翻版必究

資助

香港藝術發展局全力支持藝術表達自由，
本計劃內容並不反映本局意見。